# 似罪非罪

胡仲凯 著

人的內心，究竟有多美麗？又究竟能有多醜陋？
人能為他人著想到什麼程度？又能為自己著想到什麼程度？

# 序章

穿越車馬如龍的大馬路，昌瀚一手提著公事包，一手扣著西裝外套的衣領掛在肩膀上，因為剛入夜，暗藍色的夜空中還殘留著些許餘暉。

轉入巷子後，彷彿穿過一道無形的隔音牆，大馬路上吵雜的引擎聲完全被隔絕在外，當耳邊回復寧靜，昌瀚的身子也像是即將熄火的引擎，頓時失去動力，工作一整天的疲憊在此時毫不留情地侵襲昌瀚的身心。

這天的空氣潮濕悶熱，昌瀚暗自慶幸只有通勤時需要身在戶外。

還是快點回家開冷氣吧。他暗自思考，同時決定該如何解決晚餐。

昌瀚在巷內的某家便當店前停下腳步，招牌下掛著條列便當種類的簡易看板。明明種類不多，昌瀚卻遲遲無法作出決定，或許是疲憊感已經漸漸影響了他大腦的運作。最後，他選了排骨便當外帶。

等待的時間說不上短，這個時間點正好是外食族會出門買晚餐的時刻，排在他前面的客人自然不少，這段空檔，他點起了菸來抽。拉了拉襯衫領口，濡濕的汗水使他的身體和襯衫黏在一起，渾身不自在。

現在是八月初，對昌瀚來說是一年之中最難受的時候，他不喜歡夏天這種會讓人煩躁鬱悶的季節。

拿到了排骨便當，昌瀚便直往住處的方向前進，他就住在下一條巷子的日式舊公寓，那棟公寓很像是日本電影中常出現的那種，以一條長長的走廊連接每一戶的大門。那棟公寓是他從小到大生長的地方，現在更成了父母留給他的遺產，約五層樓高，每層只有五戶，但真正在住的也只剩下兩到三戶，不少住戶早已搬離那裡。公寓的外觀破舊不堪，看得出來屋齡已高，而現今街道上也已經不常見到這種形式的公寓了。

或許這棟公寓再過個幾年，也會因為都市更新被拆除吧。昌瀚時常會有這種想法。

到了公寓前，按下了電梯的按鈕。這棟公寓的電梯是直接設置在騎樓下方，也就是說，任何人都可以打開這棟公寓的電梯，但若是要上樓，就必須用感應式磁扣，所以在維安上沒有任何問題。雖然這棟公寓也有樓梯，但卻是在騎樓的另一頭，這是因為電梯是在公寓興建完成後一段時間才加裝的，考慮到建築結構等因素，電梯才會設置在與樓梯口相對的另一頭。

按鈕旁小螢幕上的數字從5變換到4，接著到3的時候暫停了數秒，才變換到2。數字變換成1，電梯門一開啟，只見三名女子神情慌張，伴隨著喘息衝了出來，接著頭也不回地衝向街上。

昌瀚不以為意，只瞥了一眼便泰然走入電梯，按下四樓的按鍵。他回想那三名女子的面容，他認得其中一位，是住在五樓的女大學生，偶爾會碰見，也打過幾次招呼。而其他兩位則未曾謀面，看起來與女大生年齡相仿，昌瀚猜想應該是她的朋友。

走出電梯是一條開放式走廊，不長不短，昌瀚的住處就在第三戶。

當昌瀚正要打開家門時，赫然聽見樓梯口的方向有些騷動，似乎是從樓下傳來的。聽起來是急促的腳步聲，而音量漸小。

原本不想多加理會，但某種意識卻忽然觸動了他的腦神經。

這時他想起，剛剛電梯確實在三樓停留了片刻，而到一樓時，從電梯出來的卻只有五樓的住戶和她的朋友，且又帶著慌恐的表情，怎麼想都覺得奇怪。

好奇心驅使，昌瀚將家門重新鎖上，決定走下樓梯一探究竟。

到了三樓，他望向筆直的走廊，起初只是帶著隨興的心態，但當他看到眼前的景象時，卻令他張口結舌，不寒而慄。

一名女性倒臥在圍牆邊，全身佈滿鮮血，看上去已沒有任何氣息。

倒胃感竄上喉嚨，接著冷汗直冒。昌瀚又望向走廊深處，另一名女性倒臥在走廊正中央，身上穿的白色制服已被染成鮮紅色，胸口能明顯見到如同開胸般的大道傷痕。昌瀚認出來了，那是住在這層樓的女高中生。

再回過來看，倒臥在圍牆邊的那名女性，的確也是住在這層樓的住戶。

還來不及反應眼前的狀況，這時的他大腦已完全空白，手上的公事包、便當以及西裝外套摔落在地，發出聲響的同時，似乎吸引到什麼東西的注意，走廊的更深處傳出動靜。

昌瀚注視著更遠處，一名男子轉過身面向他，男子的白色汗衫上沾染著血跡，眼神直勾勾地狠瞪著他。

昌瀚硬拖著無力的雙腿，緩緩向後退。

男子發出野獸般的喘息，手上握的西瓜刀反射月光，隨同著血漬映照出令人忐忑不安的光芒。

# 1

林亦菲喝下了最後一口咖啡，身穿灰色圍裙的男服務生正好走了過來。

「請問需要幫您收拾嗎？」服務生看著亦菲，卻絲毫不看坐在她對面的王詠蓁一眼，明明詠蓁的咖啡早已喝完。

「嗯，麻煩了。」

如亦菲所想，服務生只收了亦菲的杯子。原本亦菲想讓服務生也收走詠蓁的，但詠蓁以手勢示意不用了。

詠蓁待服務生離去後，繼續了剛剛的話題。

「妳還是找時間去看一下醫生比較好吧。」

「不要緊啦，這點程度還不影響生活。」亦菲望著坐在對面的詠蓁，鎮定回應。

「那只是目前的狀況而已啊，要是哪天突然變得嚴重就來不及了，這說不定是身體給妳的某種警訊。」從詠蓁的語氣和表情，能感受到她發自內心地為亦菲著想。

亦菲心中一股感動油然而生，活到現在，很少有朋友能如此關心她，無法言喻的情感觸動心頭，暖意十分。

其實亦菲最近不時會有頭痛的困擾，但每次發作頂多持續數秒，所以她並沒有特別在意，最多只是到藥局買了口服的止痛藥。

「好啦，我會找時間去看的。」

亦菲就算以再正經的語氣回應，詠蓁的表情仍像是感覺自己被敷衍。

「要是妳不想一個人去，我可以陪妳。」詠蓁的神情認真。

「那等我有時間去的時候，我再聯絡妳吧。」

「千萬別這樣說了就算了喔，我隨時等妳的電話。」詠蓁說完後看了一下手錶，時間是晚上九點半。她接著說，「今天先到這裡吧，妳工作也累了，早點回去休息吧。」

亦菲也看了自己的手錶，時間確實不早了，她再看向詠蓁，白淨的面容配上看起來不怎麼和善的五官，要是不認識她的人絕對想不到她內心是如此溫柔。

她們並肩走出咖啡廳，店員向她們道了聲「謝謝光臨」。

「我順便送妳回去吧。」亦菲問。她今天是開車過來的。

「不用啦，妳就趕快回家休息吧。」詠蓁灑脫地說，同時推了亦菲的肩膀，將她推向停車場的方向。

「我沒關係啦，花不了多久時間的。」

「今天真的不用了，我剛好想散散步，下次吧。」

即使亦菲不確定詠蓁是否真的想散步，但既然她都這麼拒絕了，也實在不好意思再堅持要送她回去。

「那妳路上小心喔。」

「嗯。」詠蓁簡易地回應，走向街上。

看著詠蓁的背影，一股暖意又湧了上來，從她們認識以來，亦菲就時常受到詠蓁的照顧，雖然有時候亦菲會想做點什麼來回饋詠蓁，但詠蓁總是大方地要亦菲照顧好自己就好。比起自己不易外放的性格，亦菲一直希望能像詠蓁一樣坦蕩豪邁。就連當初準備考警大的時候，也是詠蓁給了亦菲極大的鼓勵和勇氣。

亦菲坐上白色豐田ALTIS的駕駛座，發動引擎，開往位於勤美術館附近的租屋處。路途上，亦菲播放著西洋樂曲，她特別喜愛古典類型或是聲樂的音樂，這能有效舒緩她工作或是生活上的疲勞。

回到住處後，亦菲換上輕便的T恤和運動短褲，什麼也沒做就先跳了上床，她側躺著，一邊滑著手機。

亦菲的住處是單人套房，簡易的格局配上木質感裝潢。雖然她從開始工作後就沒有與父母同住，但偶爾還是會回家看看父母，她的父母住在市中心外圍，開車大約要花上一個小時。

些許的休息後，亦菲才到浴室卸妝洗澡，接著在吹頭髮時邊用筆電上網。

睡前，她走到靠牆邊的矮櫃前跪了下來，矮櫃上放著一張相片和小香爐，相片中是亦菲的姊姊。亦菲的姊姊在十三年前死於意外，她大亦菲兩歲，要是現在還在世的話，今年剛好滿三十歲。

上香時，亦菲的頭痛又持續了數秒，但不影響她的動作，照樣順利地將香插上小香爐。

上完香後，正準備關燈就寢時，手機響了。

這種時間點也太剛好了吧。亦菲這麼想，同時走到書桌前拿起手機。一看來電顯示，不出所料，是局裡打來的。

「喂。」亦菲接起手機。

「亦菲嗎，抱歉這時間聯絡妳，現在有緊急案件，因為人力不足必須加派人員，妳睡了嗎？」從手機另一頭傳來的是偵查隊長許慶明的聲音，那粗獷的菸酒嗓非常好認。

亦菲做好出勤的心理準備。

「還沒，請問要到哪裡集合？我馬上出門。」亦菲嚴謹地回答。

亦菲的工作是刑事警察，也就是俗稱的刑事或刑警，隸屬於臺中市政府警察局刑事警察大隊的偵查第一大隊，主要負責殺人、非法槍械、強盜等重大案件偵查，警階是警正二階，職別為偵查正。

看來今晚不用睡了。亦菲有這種預感。

果然，是一起殺人案。隊長慶明簡明扼要地說明後，要亦菲直接到現場，鑑識組及轄區行政警察等也正在趕去的路上了。

掛上手機後，亦菲打開衣櫃，因為刑警不需穿著制服，她換了件深藍色襯衫和牛仔褲並帶上刑警背心，上了簡易的妝後匆忙出門，整個過程不到五分鐘。

這次開車的途中，亦菲沒有打開音樂，現在不是該放鬆身心的時候。

從成為刑警以來，亦菲偵辦過不少殺人案，並都在不長的時間內破案，但這次不知怎麼地，內心似乎有某種想法正告訴她，這次可不像以前這麼容易。

輕微的頭痛又再度發作。

## 2

現場是大里區河堤旁的橋下，橋面與河堤垂直，雖然河堤是連接到主要交通幹道，但因為附近一帶土地多利用來設置工廠，平時不太會有人經過，路燈的照明也極為不足，無形中便成了貨物運輸的專用道路。

從不遠處就可以看見橋下外圍設置了許多交通錐和警示燈，也能看到人力管制，為的是提醒經過的貨車事先減速，並防止非相關人士逗留。

亦菲將駛來的白色豐田ALTIS停在現場附近，再步行至現場。橋下外圍已拉上封鎖線，周圍停了數輛警車也派駐數名轄區員警，亦菲向管制人員出示刑警證後，著上防護裝備便進入現場。

轄區分局長忙著指揮工作，偵查隊長和幾位前輩已在現場進行勘察，亦菲打過招呼後環視現場，橋下空間不大，約兩個車道寬，長度則約兩輛公車長左右，外圍雜草叢生，附近僅有一座鐵皮建築，應該是工廠用的倉庫。

當亦菲看到屍體時，即使有多年刑警經歷，嘔吐感還是不禁竄上喉嚨，胃部不停翻攪，被害者的死狀比想像中慘重得多。亦菲深吸一口氣試圖抑制倒胃感，而深夜的蟬鳴又不斷刺激她的感官，使她身體產生些許不適。

被害者是一名女性，身形偏瘦，穿著黑色襯衫和西裝外套，下半身也是黑色的窄裙，靠坐在橋樑圓柱並置身於血泊之中。她的胸口被狠狠地切開，傷口大小足以讓一名成年男子的拳頭伸進去，除此之外，胸骨和肋骨也被嚴重破壞，行兇手法相當殘忍。

除了胸口的傷痕外，身體其他部位沒有受到任何一點傷。

「嚇到了嗎？」偵查隊長許慶明在亦菲旁肅穆地問。

亦菲想故作鎮定，但面對已有數十年刑事經驗的慶明，她還是誠實地點了頭。

慶明接著說：「就算是做了大半輩子的警察，看過多少屍體，也很少會遇到像這種的。」慶明雙手抱胸，看著正在鑑識屍體的法醫，眉頭深鎖。

這種的？是指被害者胸口的刀傷嗎？亦菲在心裡發出疑問。

雖然手法確實兇殘至極，但以慶明的經驗，這應該還不至於讓他道出此話。亦菲暗忖。

亦菲再次往屍體的方向望去，這次她忍住身體不適，仔細端詳。她注意到屍體靠坐的圓柱上方，有著以紅色塗料畫出的同心圓，同心圓共有三圈，最內層的圓為空心。沒猜錯的話，紅色塗料應該是被害者的血液。

「是指那個……暗號？」亦菲問。以第一反應判斷，這同心圓的圖案或許是凶手留下來的。

歷年來的刑案中，幾乎很少見到兇手會留下暗號的。兇手會這麼做，似乎代表著什麼特殊意圖。亦菲不禁開始思考，又張望了一次周遭。

「那也是其中一個原因，還有另外一點讓人在意的是，被害者的心臟不在體內。」慶明說著，看得出心中藏著些許不安。

亦菲聽到時，差點忍不住大聲驚嘆。除了震驚，她也終於了解慶明所說的「這種的」是怎麼回事。她暗自祈禱，希望不要是起難辦的案件。

發現屍體的是一名貨車司機，目前正在局裡做筆錄。發現時間為午夜十二點左右，也就是約五十分鐘前。

慶明將目前大致的情況和待辦工作告訴亦菲後，亦菲便開始著手搜查，她負責距離屍體有點距離的橋下外圍，以現場狀況來判斷，應該不會是兇手或是被害者的動線，主要目的是搜索兇手可能丟棄的兇器或任何可疑物品。

現場周圍並沒有任何監視設備，距離這裡最近的監視器也是幾百公尺外的大馬路上了。知道這點後，不少人都不禁嘆氣。

不久後，各電視台的記者也紛紛趕到現場，轄區分局長派慶明向記者說明案情狀況。儘管透露的消息不多，但任誰都能想到，電視台一定會大做文章。

目前初步的搜查，依據被害者身上的證件判斷，被害者名為吳莉安，三十三歲，未婚，戶籍地址位於大甲區，距離被害現場有一大段距離。

另外，除了手機，被害者身上的錢財都還在，可知兇手的目的並非竊盜，而被害者也沒有被性侵過的跡象。

亦菲一面進行偵察工作一面思考，除了被害者的死狀外，遇害地點也值得留意，以一般人的正常活動範圍來說，根本不太會跑到這種地方。

兇手是在殺害被害者後才將屍體運到這裡？不對，不太可能。亦菲思忖，回頭望了屍體周遭。以被害者那樣的死狀，胸口被剖開又大量出血，且以現場血跡判斷，應該是現場遇害沒錯。

亦菲又推測，這起案件是預謀犯案的可能性較大，兇手一定是用了什麼手段將被害者引導致此地。

「有發現什麼嗎？」一名男性的聲音傳入耳邊，亦菲蹲著身子回頭望去，說話的是他的前輩羅德華。德華同隸屬於偵查第一大隊，資歷較亦菲深三年，警階是警正一階。

德華的皮膚白淨，眼神深邃，看似隨性的外表下卻也帶著一份理性，那雙眼底下彷彿能看透任何事。

「兇器或是其他證物的話……」亦菲搖著頭邊說，「目前沒有發現。」

德華泰然地點頭，一副亦菲的回答早已在預料之中的樣子。當德華打算開口再說些什麼的時候，屍體的方向開始有較大的動作，他們同時望向那處。

法醫鑑識人員正搬運屍體，看來已結束初步鑑識，接下來就是進行進一步的解剖調查吧。

「被害者的遇害時間似乎是六個小時前。」德華說道。

「也就是今天晚……」亦菲中斷了自己的話，又馬上接著說，「昨天晚上七點左右。」

「對，八月三十一日的晚上七點。」

「從遇害到被發現，竟然足足有五個小時啊。」亦菲思索著，但仔細一想這點其實也不足為奇，這條路本來就沒什麼人潮，而且就算有車輛經過，行駛時速想必也不低，加上七點過後天色已暗，被害者又是穿著深色系的衣服，要注意到也是件難事。

「先不論被害時間與被發現時間相隔多久好了，這起案件感覺就不是普通的殺人案，目前有太多事情需要確認，接下來的日子可有得忙囉。」明明事態嚴重，德華的態度卻相當從容，從他身上感受不到一絲焦躁，反倒是該保持鎮定的分局長已表現得心神不寧。

從亦菲認識德華以來，德華的做事風格一貫是如此，或許就是因為他隨時都能異於常人地冷靜，才會在他的警察生涯立下許多功績，要是維持下去，馬上就能陞遷警監。

這種穩重的性格，也是當初吸引亦菲的原因。德華同時是亦菲的前男友。

「總之，早上應該就會成立專案小組並招開偵查會議，到時候再來好好統整情報吧。」德華說完便準身離去，同時扭了一下脖子，亦菲能聽到他骨頭摩擦而發出咔咔的聲響。

深夜的蟲鳴和蛙鳴依舊不斷，現場的搜查工作也一刻不休地持續著。亦菲看了下手錶，一點十七分。

# 3

「**河堤旁橋下驚見女屍，慘遭開胸死狀慘烈。**」諸如此類的聳動標題刊登在各大媒體，新聞也在每小時固定播送相關報導。

亦菲在結束現場搜查後，只經過短暫的休息便趕到局裡，專案小組已經成立，她正參加第一次偵查會議。

坐在前方主持會議的是警察局局長鄧克維，轄區分局長和刑警大隊長也分別坐在克維身旁。

亦菲從知道有克維這個人以來就一直不對他抱有好感，明明也沒有較密切的接觸，不知道為什麼就是有種說不上的厭惡感。

因為身體無法充分休息，亦菲在會議中難免有些失神，但她仍盡力保持清醒，接收關於此案的所有訊息。不僅亦菲，不少同事也明顯表露出疲態，甚至連前方的分局長也感覺在一夕間蒼老不少。

偵查會議在一片死氣沈沈之下開始。

會議最初的報告是發現屍體的經過。發現者是一名男性貨車司機，該名司機在三十一日晚上十一點二十分左右第一次經過現場，當時正打算到工廠載貨，那時他還未注意到橋下的屍體，是在約午夜十二點左右時回返的路上才發現的。他為了接公司打來的電話將貨車停至路邊，也就是橋下現場旁。該名司機在講電話的同時下車確認貨物，因而注意到不遠處橋下的屍體。最一開始司機以為只是廢棄物，但好奇心驅使，在講完電話後用了閃光燈照向該處，才發現是一具女屍。

在發現是屍體後，貨車司機便馬上報警。

對於發現屍體的過程，會議中沒有人有異議，接著便由另一位偵查員報告被害者身分。報告的偵查員嗓音低沈，現場氛圍更加委靡。

被害者姓名吳莉安，三十三歲，未婚，戶籍位於大甲區。這些都和在現場進行初步搜查時聽到的相符。另外，被害者莉安目前任職於大里區的某間保險公司，並獨自在公司附近承租一間單人套房。父母雙方健在，就住在她的戶籍地址處，沒有兄弟姊妹。

被害者的私人物品除了手機以外都留在身邊，以此研判，兇手可能是利用手機通訊將被害者引導致橋下，之後為了藏匿證據便將被害者的手機帶走。目前推測，是熟人犯案的可能性很大。

被害者的皮革製包包內有工作用的文件、化妝品、鑰匙串及其他雜物，其中鑰匙串裡面有一把是機車鑰匙，但現場周圍並沒有發現被害者的機車或其他交通工具。

吳莉安的死因是刀傷造成大量出血致死，主要被攻擊的部位是心臟周遭。兇手在行兇得逞後，將胸腔及肋骨破壞取出心臟。

除此之外，被害者胸腔週遭的刀傷都不淺，可見兇手的力道極大，兇器也相當鋒利，致人於死地的意圖明顯，且從傷口判定，兇手的刀法精準，或許有受過什麼特殊訓練。

亦菲邊聽著報告邊做筆記，因為筆揮動得太快，不時會寫錯些字。為了保持專注及精神，亦菲趁報告的空檔吞了顆口香糖，薄荷的清涼香氣在口腔中散開。

輪到鑑識組報告時，首先說明的是現場證物化驗的結果。在現場共發現七種不同的毛髮，經過DNA檢驗，其中一種確定是被害者的，另外六種也已完成化驗，目前正在依據犯罪資料庫比對身分。雖然現場外圍草叢中也發現少數寶特瓶和鋁罐，但以那些瓶罐的外觀及損壞程度來看，都不像是案發當天丟棄的，因此並不列入優先偵查範圍，排除與案件有直接關係。

鑑識組有條理地報告著，但嚴肅的面容中卻也帶著不安定。所有人都知道，這次現場採集的收穫，比起以往處理過的刑案少之又少，且被害者不論身體各處，甚至是指縫都採集不到他人的皮脂細胞。

亦菲的意志還是敵不過身體的疲累，在一陣恍惚後，報告已進行到關於現場留下的暗號。前方投影出那同心圓暗號的照片，經過鑑定，確實是以被害者的血液畫上去的。到這邊不得不承認，兇手犯案的態度冷靜，手法高明。

警察局局長鄧克維看著投影片上的暗號，眉頭緊蹙。

兇手刻意留下暗號，一定是想對警方或社會傳達某種訊息，很難說不會再有下一個被害者出現，但目前還沒有人能理解暗號的意思。這三圈同心圓的圖案實在令人費解，比起複雜的圖案，反而是像這種越簡單的圖案越讓人摸不著頭緒。這圖案到底暗示著什麼？是兇手身分？行兇原因？還是犯案預告？

或許是熬夜工作後又緊接著開長時間的偵查會議，除了報告者外，沒有太多人發表意見。

在會議尾聲時，克維呼籲全體警員一定要做好防範措施，以免再有人受害。

但大家都知道，雖說要提防下一個被害者出現，卻也不知從何著手，最好的辦法就是盡快獲得更多情報，及早破案。
亦菲接下來的工作是調查被害關係人，主要是針對被害者的人際關係進行走訪調查，德華也負責同樣的工作，他們被分配到同一組。這是他們第二次在專案小組中合作。
「請多指教。」德華先打了招呼，亦菲也予以回應。
「怎麼樣？開完會後有沒有什麼看法？」德華又接著問。
亦菲帶著疲態回應道：「目前還沒有。」
應該說，以目前的精神狀況並不適合思考，她暗忖後接著說：「只是對於這起案件得到了比較多的資訊。」
「其實我也是，除了掌握比較多資訊外，目前也的確沒有其他的想法。」德華自然地回應，他的聲音依舊爽朗，感覺不到一絲疲累。
上次合作時，亦菲就見識到德華超群的體力，就算工作量再大，他還是能保持著精神飽滿的狀態。那時候他們還是情侶關係，大約是在一年以前。
雖然德華嘴上說目前還沒有什麼想法，但亦菲認為，以他高明的辦案技巧和經驗，一定很快就會有什麼突破。唯一讓她感到尷尬的，是他們身為前男女友的關係。
「反正現在就先好好休息吧，不儲存好體力接下來也不好辦案。」德華又說。
「嗯。」亦菲停頓了一下後又說，「但你不是不會累的嗎？而且你現在看起來精神還很好。」
德華露出一抹微笑說：「那是因為現在還在工作場所，我有跟妳說過我是那種一到家就馬上倒下的人吧。」
「對喔，差點就忘記了。」

其實亦菲並沒有看過德華疲憊的樣子，只要在亦菲眼前，德華總是精神飽滿。他們並肩踏出警局。部分員警在會議結束後可以下班休息，也包括他們兩人。室外暑氣逼人，才踏出室外沒多久身體就開始冒汗，一想到接下來要在這種天氣下走訪調查，身體又更加乏力。

兩人到停車場後各自走向自己的車位。

「小心別開到睡著喔。」德華以關心的語句代替道別。但要說關心，調侃的成份居多。

「嗯，我會注意的，你也是。」

# 4

翌日下午，亦菲和德華來到西屯區文心路上的旅館，他們要拜訪的是被害者吳莉安的父母。莉安的父母在得知女兒遇害後便馬上趕到附近，並下榻於這間位於警局附近的旅館。昨天莉安的父母也已到局裡做了與莉安身分相關的確認事項。

在旅館大廳時，由亦菲向櫃檯人員解釋來由，並要求拜訪住在５１３號房的房客。這間旅館說不上高級，並沒有華麗的裝潢或氣派的氛圍，但對非旅遊目的的人來說已經算很足夠了。

亦菲和德華早已做好面對情緒崩潰的家屬的心理準備，尤其是亦菲，她非常了解失去親人的那種傷痛。

透過櫃台聯繫，他們直接約在房間內見面，在按下電鈴後，前來應門的是莉安的母親，目測年約五十歲後半，臉上的皺紋不少，但髮色還很烏黑。

因為他們沒有穿著制服，亦菲和德華在出示警證後，莉安的母親才鬆下警戒的神情。

「請進。」莉安的母親語氣平坦地說。

「打擾了。」亦菲和德華同時說道。

「爸爸，警察來了。」莉安的母親對著房內喊道，一名目測六十歲左右的男子正坐在床沿看著報紙。

出乎意料地，見到莉安的父母時，他們卻格外冷靜。

根據資料，莉安的母親叫做周惠美，父親叫做吳志良。

志良放下報紙並站起身向亦菲和德華點頭示意，他身材削瘦，留著八字鬍，全身散發出一股文學氣息。亦菲原本以為他是藝術家之類的身分，但立刻想起來資料上記錄著莉安的父母都是退休公務員。

房內格局比想像中寬敞，要做些伸展運動的話也不成問題，落地窗外還有設置小陽台，而雙人床和落地窗間剛好有一張圓桌，他們拉了椅子兩兩面對而坐。

「對於發生這樣的事件，我們深感惋惜，請節哀順變。」德華以這句話作為開場白。

「這種話就不用多說了，你們是來辦案的吧，想要問什麼就快說吧。」志良的態度直接了當，但並不是因為不在意或是覺得麻煩，從他的眼眸中能感受到他真誠地希望案件能早日解決，彷彿是在說：「拜託你們了。」

德華在心中暗自佩服，真不愧是做過公務員的。

「爸爸，你不要這樣講話啦。」惠美拍了志良的手臂，接著輪流看向德華和亦菲，「不好意思，這個人講話比較衝，還請你們見諒。」

「不，沒這回事。」德華說道。比起泣不成聲的人，對方的態度容易交談多了，但實在沒想到對方能如此冷靜。

「其實，我們還在擔心能不能幫到你們辦案。」惠美又接著說，「因為自從我女兒離家工作後就很少回來，即使固定會通電話，但她在外面實際過得怎麼樣我們也不能說很清楚，畢竟也是個大人了，只要她說過得很好，然後偶爾回家，看起來健健康康，我們就安心沒有再多問了。」

「不要緊的，雖然之後可能會再麻煩兩位，但今天要詢問的只是些簡單的問題。」這次是亦菲開口。

「那就請指教了，要是之後有什麼關於我女兒的事，也請務必告訴我們。」惠美的語氣柔和。不，說無力或許比較正確。

「沒問題。」亦菲回應，並同時拿出筆記本和啟動錄音工具。

「那麼，我就開始了。」德華邊看著自己手上的筆記本邊說，「首先，想請問兩位，吳小姐的性格如何？有沒有什麼興趣或專長？平時的人際關係怎麼樣？想到什麼都可以說，就算是她喜歡的顏色、衣服品牌等瑣碎的事。」

這是德華在走訪調查時一定會問的問題，他認為倘若要全盤了解案情，最重要的就是澈底認識案件關係人。

惠美發出「嗯」的長音，看起來在思考該如何回答。

「她從小就很外向，善於交際，也很樂意於幫助他人，就是因為這樣她才會選擇到保險公司上班。」志良先開了口說。

「對，她雖然不常回家，但還是常常關心家裡。」惠美在一旁附和。

「她平均多久回家一次呢？有固定時間嗎？」亦菲問。

「大概一個月會回來一到三次，也沒有固定時間，就是說有比較多時間休息的話就會回來。」惠美說著便不自覺地哽咽。亦菲暗忖，果然這種傷痛還是難以壓抑。

德華見狀，他試圖放慢步調，讓惠美有調適情緒的時間。過了數十秒，他才又開口道。

「了解，那麼興趣方面呢？」

「她可能是受到爸爸的影響，從小就喜歡看書，常常拿爸爸看過的書來看，長大之後也會自己去買書。」惠美說著，不時看向志良。

德華和亦菲也將視線移向志良。

「大概是什麼類型的書？」德華問。

「我自己看的是屬於比較文學方面的，都是些早期作家的作品，偶爾也會看些藝術方面的雜誌。她一直到國中都是看和我差不多類型的書，到了高中之後，她開始翻起攝影相關的書籍，也會看些財經雜誌。」

「對啊，你說了我才想起來。」惠美突然想到了什麼似地搶著說，「她有一段時間曾經對拍照很有興趣。」

「曾經？這個興趣沒有持續下去嗎？」

「嗯，看她上了大學後就很少在拍照了，明明就去唸了個研究拍照的科系。」

惠美一說完，志良便反駁：「才不是什麼拍照的科系，那叫做大眾傳播啦，是在搞拍戲和新聞的。」

「那也差不多啦，我又不懂那方面的專業，對我來說都一樣啦。」

「真是的，自己女兒在唸什麼都不知道。」

「方便請問是哪一所大學嗎？」為了緩和氣氛，德華打斷了他們的話，緊接著問。以前的確常有受訪者突然吵起架的狀況發生，因為情緒不穩定，彼此開始責怪對方，最後吵得沒完沒了，以致於無法順利進行調查。

「臺中市立大學。」惠美回答，並提到莉安在大學時代是搬到學校附近的套房居住，沒有室友。

「臺中市立大學的大眾傳播系吧，我知道了。」德華說，「也就是說，吳小姐畢業後並沒有從事科系相關的行業囉。」

惠美和志良同時點頭。

「到後來她還是覺得自己不適合那塊領域吧，畢業後她就自己學了保險的知識，然後到保險公司上班。」志良說。

「咦!?都是靠自己學的嗎？」亦菲帶點驚訝地問。

「也不能完全算是啦，她是說有熟識的學姊帶她才能比較順利。」

「原來如此。」亦菲接著詢問，「請問您知道那位學姐是誰嗎？」

惠美看向志良，只見志良搖了搖頭。

「不，我們都不清楚，對不起。」惠美沮喪地說，嗓音有些哽咽。

聽到惠美說出對不起，亦菲趕緊揮著手說：「不需要道歉啦，這沒什麼好對不起的。」

「對啊，沒關係的，我們會再以其他管道調查，不要緊。」德華也附和。

惠美點了點頭，房間內陷入短暫的沉默。半晌，德華才又繼續問道。

「除了那位學姐，兩位還有聽過吳小姐提起過誰嗎？像是其他同事或朋友，吳小姐身邊有沒有令你們比較印象深刻的人？」

惠美和志良陷入一陣思考。

學生時代，莉安的確常常帶朋友來家裡玩，他們還記得莉安朋友們的名字，但要說聯絡方式就無從得知了。

德華從惠美的口中記下莉安學生時代朋友們的名字後問：「吳小姐還有與他們保持聯絡嗎？」

「這我就不知道了，自從她大學畢業後就沒有再帶朋友來家裡過了，以她的個性，我覺得根本不需要擔心她的交友狀況。」惠美說著，情緒終於失去控制，她雙手摀住臉，哭喊著說，「我實在不曉得會有誰想要殺她……」

亦菲想要安撫惠美，但她認為現在不適合這麼做。

「好啦，別哭了，妳這樣子人家都不用工作了。」一旁的志良摟住惠美的肩膀，同時用眼神向德華和亦菲示意不好意思。

惠美沒有回應，依舊破著嗓子。

直到惠美的哭聲轉小，志良才又說道：「你們還有什麼要問吧，我也可以回答。」他一邊安撫著惠美。

「那就不好意思了。」德華的神情更加嚴肅，工作中絕對不能被其他人的感情帶著走，這是他的個人原則。

於是德華繼續開口：「請問吳小姐有交往的對象嗎？」

志良像是被點醒似地，馬上回答道：「她原本有個男朋友，但在兩個星期前分手了。」

兩個星期前！德華彷彿看到了一條重要線索。

「能詳細說明嗎？例如分手原因或是交往時的狀況。」

「好像是半年前開始交往的，一開始交往得還很不錯，他們聊了什麼又去了哪裡玩都會和我們分享，後來不知怎麼地，一跟我女兒提到她男朋友，她就不怎麼想聊這個話題。」志良邊說著，眼裡似乎還帶著對莉安男友的不悅。

「一定是那個男生欺負她了！」惠美硬擠出聲音說。

「請問知道那個男生的聯絡方式嗎？」

志良拍了惠美說：「妳不是有那個男生的電話嗎？還在嗎？」

「應該還在，等我一下。」惠美以手拭淚，走向床頭拿了手機。

惠美拿著手機回到志郎身旁坐下後，將莉安前男友的聯絡方式告訴了德華和亦菲。

「感激不盡。」德華說。

惠美的情緒稍微恢復穩定，她在深呼吸後說了聲「抱歉」。

「請不要在意。最後，想再請教一個問題。」德華邊說，邊拿出手機，他單手操作後將畫面遞到惠美和志良面前。

「請問兩位，對這圖案有沒有什麼特別的印象？」

惠美和志良在看過了手機畫面後又對望了一眼，接著搖了搖頭。

「這樣嗎，好吧，那今天打擾了。」說完，德華和亦菲都站起身。

「請問……剛剛那個是什麼？」志良問，他指的是剛剛德華手機裡的畫面。

「不，沒什麼，請不要在意。」德華知道他這麼說肯定會引起惠美和志良更大的疑問，但他也知道對方不會再打算追問。目前有些消息還不能對外透露，他知道身為前公務員的對方可以體諒。

「要走了嗎，我送你們。」惠美說。

「沒關係啦，你們在房間好好休息吧。」亦菲以柔和的語氣回應。

了。」

「那我送你們到門外就好。」

惠美又這麼說，難以拒絕之下德華和亦菲只好答應。

志良依舊坐在椅子上，他目送著德華和亦菲離開，同時點頭致意，那眼神中又再次說著：「拜託

## 5

對家屬來說，他們所想要的是什麼？家屬必須面對這種傷痛繼續活下去，心靈的空缺更是永遠無法彌補，他們想要看到的，是加害者彌補自己所犯下的罪，藉此平衡自我已無法健全的內心嗎？還是存粹抱著復仇心態，想看加害者遭受到報應？

訪查完莉安的父母後，一直到隔日的今天，亦菲就一直在思考這個問題。她走進警局，今天有偵查會議必須參加，她踏進了電梯旁的樓梯間。

「在想什麼？兩眼無神的。」德華的聲音從背後傳來。亦菲回頭並停下了腳步。

「你什麼時候出現的？你跟蹤我喔？」亦菲一開始有些驚訝，但馬上轉為開玩笑的口氣。

「說什麼啊，我從剛剛就在這裡等電梯了。」德華這麼一說，亦菲才想到她剛剛的確沒有注意電梯的方向。

「啊，是嗎。」亦菲說。

德華皺了一下眉頭，他望向電梯的方向。應該是電梯來了。

「妳不搭電梯嗎？」

「不，我走樓梯就好。」亦菲泰然地說。

因為會議在三樓招開，所以即使不搭電梯也無所謂。

「那待會見。」

會議一開始是由鑑識組先進行報告，在上次採集到的七種毛髮中，除了其中一種是被害者的以外，另外一種也檢測出一名有竊盜前科的中年男子的ＤＮＡ。該中年男子是常出沒於案發現場附近的無業游民，而經過偵查組蒐證，有目擊者證明，在被害者遇害的時間左右，該中年男子正在他處遊蕩，因此有不在場證明。至於其餘五種，根據犯罪資料庫並沒有符合的資料。

接著是偵查組的報告。

有關於被害者的人際關係，目前訪查了被害者的父母、部分朋友和同事。

父母的訪查結果由亦菲負責報告，在她結束報告後，一名偵查員提出發問。

「有另外再針對被害者父母的人際關係進行詢問嗎？假使父母有結怨對象的話，其子女淪為下手目標，這種情況也是有可能的。」

「這次的……」亦菲說到這時，身旁的德華站起身代替亦菲回答。

「我們也有思考過這個問題，但以當天的情況，被害者父母的情緒還不算穩定，同時進行太多詢問恐怕會造成對方負擔，我們認為應該讓被害者父母有調適心情的時間，循序漸進地查訪，對方也比較容易卸下心防。再說，事件才剛發生，若對方察覺我們如此發問的目的，他們一定無法馬上接受，甚至會引起其他不必要的情緒。」

德華說完，在場的其他人員都默默點頭。接著轄區分局長對德華說。

「雖然如此，但還是別將時間拖得太長。」

「我知道。」德華慎重地回答。

德華和亦菲坐下後，接著是關於被害者朋友的查訪報告。

被害者的人際關係良好，也像她的父母所說，個性外向開朗，樂於幫助他人，許多朋友也都不敢相信她遭到殺害。請受訪者回想被害者有沒有可能與什麼人處得不愉快時，大多數人都表示沒有頭緒。且從她使用的社群網站中來看，生活和價值觀也很正面。

另一名偵查員又發出提問：「她不是有個剛分手的前男友嗎，有沒有朋友比較了解他們的交往狀況或是分手原因的？」

「被害者的部分朋友表示，雖然她一直都會和朋友分享他們的交往狀況，但約兩個星期前，被害者就很少主動和他人聊相關的話題，直到分手，被害者都是抱持樂觀面對的態度。但是，她的朋友們也說，就算她的心情再怎麼不好，她也不會將負面情緒在他人面前表現出來，所以並無法確定他們分手時是在沒有任何爭執的狀態下。」正進行報告的偵查員回答，「總之，目前還無法確定被害者與前男友的交往狀況和分手原因，而被害者與前男友的共同朋友似乎也不多，據說他們是透過工作上的客戶介紹認識的。」

目前尚未訪查到被害者的前男友，這也會成為接下來重要的辦案方向。

在職場上，據同事所言，被害者積極向上，更沒有發生過任何業務糾紛，考績也始終保持在優良的狀態。

而被害者遇害當天，她在六點下班離開公司後，便無人知曉她的去向。

亦菲想，既然被害者在各方面都維持著良好的形象，那應該也不可能會與人結仇才對，那到底是什麼原因引來喪身之禍？

目前有很多事情都還無法確定。

亦菲的思考被門口傳來的一陣騷動打斷，一名男性行政員警神色慌張地走了進來，吸引了在場所有人員的注意，他直盯著局長鄧克維。

「幹什麼？」克維面色不悅地問。

那名行政員警解釋，局裡收到一份要給克維的包裹，但包裹看起來不太尋常。員警說，包裹是正方體，每面約一個成年男性的手掌大，雖明確標註了收件人，卻未註明來源。會議室中討論聲四起。

克維讓員警先將包裹放至辦公室，待會議結束後再查看，原本員警打算照辦，但他一陣猶豫後又說了。

「我想會不會在會議上確認這份包裹比較好，因為……」員警說話吞吐，「收件人的稱謂是寫著……專案小組召集人……」

會議中窸窣的討論聲頓時消失，但沉默的時間持續不到兩秒鐘，所有人便更熱烈地討論起來。

以正常情況來說，克維的稱謂通常會以局長來註明，但這次寄件人卻是用專案小組召集人這個頭銜，說明了這份包裹與此案有著密切關聯，或許會是重要相關證物。

克維盯著眼前的桌面，陷入思考。

寄件人為何不註明寄件來源？是擔心成為兇手目標的目擊者，還是看不慣電視台藏匿消息的正義記者？又或者是……兇手本人？

克維吩咐員警將包裹拿來會議現場，員警中氣十足地應了聲「是」。

包裹被拿來時，員警附註該包裹已經做過金屬反應檢測，已經確認不是爆裂物。

克維在眾目睽睽下謹慎地將包裹打開，拆開配送用的外包裝後，出現在眾人眼前的是一個卡其色的紙盒，盒蓋和盒身的接縫處纏緊了膠布，克維用美工刀將那層厚厚的膠布割開，費了一大股勁才全部割完。

盒蓋一打開，一股不尋常的氣味就迅速竄出，一些細小的透明碎塊也跟著掉了出來。

「冰塊？」克維說。

往紙盒內一看，裡面塞滿了冰塊，在紙盒內壁也緊密地鋪滿了保麗龍。

德華在座位上看著克維的方向，當氣味飄散到德華周遭時，他立刻站起身，快步走到前方能清楚看到包裹的位置，亦菲也跟了上去。

現場起了騷動，令人不適的氣味使所有人難以按耐，大部分在場的人都站了起來，摀住鼻子並將所有窗戶打開。

德華戴上手套，將紙盒內的冰塊一粒粒取出，接著出現在他們眼前，同時埋在冰塊之中的是一顆完整的心臟。

現場秩序更加混亂，克維大聲斥喝，命令所有人保持冷靜。

聽到克維的高喊，現場才又恢復平靜，但還是有不少零碎的交談聲。

不用任何人說明，所有人都很清楚，這八成就是被害者的心臟，不論是不是兇手本人，將心臟寄到警局這個舉動很明顯地是在挑釁警方。

克維的胸膛大幅度地起伏，他面紅耳赤，雙手握緊著拳頭。收件人既然指名了克維，想當然他也必須背負下這個責任和壓力，而身為一個領導人，現在他才是最必須保持冷靜的。

鑑識組紛紛圍到了裝了心臟的紙盒旁，徵求克維的同意後，他們戴上手套，將心臟取出並緊急送去化驗。

「其他呢？還有沒有其他東西？」德華語氣急促地問。

克維再次檢視拆下的配送用外包裝，也將所有冰塊取出檢查紙盒內外，最後在盒蓋內發現一只垂直對折的信封。

信封正面有以紅色墨水列印出「*Dear Boss*」的字樣，除此之外沒有其他訊息。Dear Boss，其意指「親愛的老闆」。

克維將信封高舉擺在燈光下，透過剪影判斷出信封內應該只有一張信紙。

克維小心翼翼地將信封撕開，隨後取出信紙將它打開，信中的文字也是以電腦列印，同樣是用紅色墨水，內容如下：

> 收到我的禮物了嗎？覺得怎麼樣？這顆污濁的心終於停止跳動了。無趣的社會使我在長期沈睡後甦醒，為了增添點樂趣，接下來，請好好欣賞我精心準備的華麗殺人劇場。

最後，信末署名了「*Jack the Ripper*」。

在場的所有人都對Jack the Ripper這幾個字並不陌生，那是堪稱全球犯罪史上最險惡的連續殺人犯，中文將其稱作「開膛手傑克」。

「開膛手傑克嗎……」德華輕聲嘀咕。

在十九世紀末的英國倫敦，曾不斷出現女性遭到殺害，且手法殘忍至極，摧毀臉部，拉出內臟等作法令人毛骨悚然，經英國警方證實，被害者的身分皆為妓女，而當時科學技術尚未發達，ＤＮＡ鑑識技術也還未發展，導致案件難辦，使其成了一樁無法偵破的懸案，更造成當時倫敦動蕩不安。當時的中央新聞社甚至屢次收到宣稱來自兇手的書信，內容多是抱持挑釁的態度，雖然無法證實是否為兇手親自作為，但其中也很有可能包含兇手的真跡，在經過專家判定，有三封信較為可疑，它們分別被命名為「Dear Boss—親愛的老闆」、「Saucy Jacky—調皮的傑克」、「From Hell—來自地獄」，而寄件人留下的署名為「Jack the Ripper—開膛手傑克」。

開膛手傑克在當時一再地寫下恐怖歷史，造成社會恐慌的同時，卻也有許多反社會人士將他捧為犯罪英雄，其大膽的作風，讓他成為至今為止的犯罪文化中最眾所皆知的一號人物。

克維將手上的信和包裹再度交給鑑識組的負責人，同時下令封鎖此消息。

半晌，除了部分鑑識組人員，其他參與會議的小組成員都回到座位繼續進行會議。

會議繼續進行的同時，德華也一邊試著分析兇手的心態，他不斷回想剛剛那封信的內容。

很明顯地，兇手想效仿開膛手傑克的犯案作風，不只取出了被害人的內臟，連附贈的信也用了相同的主旨，另外，還有一點大家都很清楚的就是，兇手打算再犯下案件，這也讓大家更加提心吊膽，尤其是警察局長。誰會是下一個目標？下一次犯案又會在什麼時候？

一種想法在德華腦中衍生，但他隨即對自己產生這個想法感到愧疚——或許從下個被害者中找出共通點，會獲得更多線索。

德華說服自己絕對不要往這個方向思考。

「喂，妳覺得呢？」德華用氣音對旁邊的亦菲說。

亦菲一臉困惑地回應：「覺得什麼？」

「妳覺得兇手在想什麼？如果他單純只是想殺人，有必要如此大費周章地模仿開膛手傑克嗎？就動機來說，我想應該不簡單。」

「的確是，信裡寫下『這顆污濁的心』了吧，雖然目前還不能明確斷定是什麼意思，但我覺得很有可能是兇手對被害者抱有怨恨。然而，到這裡都還沒有什麼太大的問題，只是……」亦菲用手上的原字筆不停戳著筆記本，筆記本上是抄下的書信內容。她將筆尖停在第二段。

德華邊搖著頭說：「實在無法了解兇手的想法，無趣的社會是什麼意思？是覺得警察太閒嗎？」說話的同時，隱約能感受到他帶了點怒氣。

「如果鎖定被害者身邊有反社會特質的人，或許能有些線索。」亦菲說。

德華也認同，他看向亦菲，亦菲正用手指按壓著頭部，露出不怎麼舒適的表情，隨後吞下了一粒從小塑膠盒中取出的藥丸。

「怎麼了？那是什麼？」德華見狀便問道。

「頭痛的藥，前陣子就常常有頭痛的問題。」

「不要緊吧？」

「嗯，只是輕微的而已。」

他們結束交談，重新將注意力轉回會議上。

## 6

前一號的病人離開了身旁的座位走進診療室，診療室入口掛著標註「神經內科」的門牌。

醫院的冷氣開得很強，又因為是夏天所以身上並沒有帶保暖類衣物，亦菲雙手抱胸摩擦著上臂。

「我去幫妳倒熱水來吧。」詠蓁說完便站起身子，但亦菲隨即將她叫住。

「不用啦，下一個就輪到我了，等一下再去吧。」

詠蓁點了頭後又坐了下來，過沒多久，門牌上的報號器配合著鈴聲換成亦菲掛號的號碼。

今天亦菲休假，她趁這個機會來到醫院就診，當然，詠蓁也在接到亦菲的聯絡後同行。

看到上一位病人從診療室走出並聽到叫號後，亦菲和詠蓁一起走了進去。

診療室內的醫生看起來年約七十歲出頭，慈眉善目，頭髮茂密卻已全部花白，他以親切的口吻請亦菲到一旁的凳子坐下。

「怎麼了？哪裡不舒服？」醫生說話的速度不快，語氣柔和，讓人感到放鬆。

亦菲將她不時會頭痛的狀況告訴醫生，並說明了頭痛的情形，且有自行服用止痛藥。

「持續多久了呢？」

「大概是……兩個禮拜左右吧。」亦菲邊思考邊說。

「有一小段時間了呢，之前有受到外力撞擊過嗎？」醫生笑著問，眼尾擠出了魚尾紋。

「沒有。」

「大概多久會頭痛一次？」

「一天差不多兩到三次吧，但都很輕微，沒有真的很痛，吃了止痛藥後就沒事了。」

「除了頭痛之外，身體有沒有其他地方不舒服？」

「也沒有。其實我的頭痛完全不影響生活，是我朋友勸我來醫院看看，她說有可能會是什麼疾病的前兆也不一定。」亦菲說完，看了一旁的詠蓁，醫生也往亦菲的視線望去，詠蓁帶著微笑向醫生點頭致意。

「前兆啊？妳有生過什麼重病或是有家族疾病史嗎？」醫生接著問。

「我想應該都沒有。」亦菲搖著頭說，「以前也沒有類似的情況……」亦菲說到這時突然停頓，她想起來，姊姊在十三年前過世時那陣子，也有類似的頭痛持續了一段時間，但她覺得那應該是過度悲傷以及頻繁哭泣所造成，過了那陣子頭痛也就不再常發生。

「怎麼了嗎？」

「啊，不，沒事。」亦菲的注意力被醫生的問話抓回，「抱歉。」

「妳回想看看，和兩個禮拜以前，妳的頭痛有沒有日益頻繁的趨勢？」

亦菲試著回想，回答了醫生：「有點記不得了，但應該都差不多，沒有說變得比較嚴重吧。」

「是嗎。」醫生點著頭，「那麼，最近有沒有怕光、噁心或嘔吐？」

「也都沒有。」

醫生點了頭，之後看了亦菲的肚子說：「應該也沒有懷孕啦，對不對？」

「嗯，沒有。」回答的時候，亦菲有些羞澀。她不禁想到，自己也差不多要到了養育小孩的年紀了。

「那睡眠狀況怎麼樣？生活作息都正常嗎？」

「其實，因為工作的關係，生活不怎麼規律，睡眠也常常不足。」說著，亦菲自己也猜想可能是因為這樣才造成頭痛。

「工作啊，妳是做什麼工作的？」

「警察。」亦菲這麼回答，但要說仔細一點的話應該是刑警

「妳是警察啊！」醫生略帶驚訝的神情說，「真看不出來，我還以為是藝人那方面的工作，漂漂亮亮的。」

突然被醫生這麼說，亦菲不知該如何反應是好，雖然平時也會被不少人稱讚外貌，但她並不覺得自己特別漂亮。

「謝謝。」亦菲只好點頭道謝，或許因為對方是溫和的爺爺，所以並不會感到一絲尷尬。

「不過，既然是工作，那也沒辦法吧。」醫生將話題轉了回來，「最近工作很忙嗎？」

「嗯，有件不好處理的案子。」

詠蓁在一旁聽著，候診時，她也聽亦菲說最近工作實在忙得不可開交。

「好吧，但如果能有機會休息的話，還是要好好休息，盡量維持正常作息和飲食，保持充足睡眠，說不定可以有效緩解妳的頭痛。」醫生說完又帶著微笑補充道，「盡量。」

「好。」

最後，醫生說明了日後的藥物服用方法和有關頭痛的注意事項，準備結束診斷。

「如果頭痛的情況有變嚴重的話，到時候再來複診。」

「好的。」亦菲接著問道，「請問，不需要做其他的檢查嗎？」

「其他檢查是指什麼？」

「X光或是電腦斷層檢查之類的。」

「這倒是不用的，很多病人都問過類似的問題，其實啊，造成頭痛的主要原因，只有極少數人是因腦部的病灶所引起的，這機率不到千分之三，而依妳的狀況來看，沒有那方面的問題，所以不用擔心，況且，妳的頭也沒有受到外力撞擊，不是嗎？」醫生一字一句耐心地解說，也讓亦菲安心不少。

「好的，我知道了，謝謝。」

走出診療室前，亦菲又問了醫生：「那個……想再請問，如果是一般人，有辦法輕易從人體中取出器官嗎？」

醫生被這麼問到時，有一剎那還顯得不知所措，但似乎馬上理解亦菲這麼問的用意。

醫生思考了後回答：「我也不敢保證，這個問題如果問外科醫生的話會比較清楚喔。」

「好的，抱歉問了奇怪的問題。」

「不要緊。」

離開醫院的時間正好是中午，亦菲和詠蓁在附近的簡餐店享用午餐。

亦菲吃著焗烤飯，詠蓁卻什麼也沒點。

「妳不會餓嗎？」亦菲問。

「不會啦，這種天氣也沒什麼食慾。」

詠蓁這麼說也對，即便餐廳內開著冷氣，暑氣逼人的夏日正午的確會使人食慾大減。

「而且看妳沒事，我也就算是飽了。」詠蓁又說。她說的「沒事」是指亦菲的頭痛並無大礙。

亦菲微笑地說：「我是妳的精神糧食嗎？」

詠蓁呵呵地笑著回應。

「但也還好只是因為生活作息，就說妳太大驚小怪了。」亦菲說。

詠蓁馬上反駁：「要不是有來看醫生哪知道是什麼原因啊，如果妳腦袋真的出問題看妳怎麼辦。」

亦菲突然一副若有所思的樣子，握著餐具的手也停止了動作，沉默了片刻後，她才緩慢地說道。

「如果腦袋真的出問題……會不會反而比較好一點……」

「什麼？」詠蓁對於亦菲的話感到不知所措。

「如果大腦的功能喪失的話，就可以忘記些難過的事了。」

兩人談話的氛圍頓時改變，彷彿一股低氣壓在霎時間襲來。詠蓁知道亦菲想說的是什麼，她知道亦菲始終無法將姊姊過世的事放下。

詠蓁嘖了聲舌，「那妳有沒有想過，如果妳哪天怎麼樣了，難過的不就換成是別人了嗎，妳身邊的人，朋友、父母，他們會是什麼心情妳應該也能想像吧，這種想法太自私了啦！」

亦菲無法反駁，因為她自己也很清楚詠蓁所說的道理，自己更是能深刻體會那種心情的人。

詠蓁順著情緒說了下去。

「人啊，是群體生存的物種，更是有感情和智慧，雖然彼此是以不同的個體生存著，但無形中卻是緊密相連的，就像同心圓一樣，也才能維持社會的運作和感情的延續啊。」

亦菲突然發出小聲的驚嘆，聽到「同心圓」這三個字時，她馬上聯想到案發現場留下的暗號。

「怎麼了嗎？」詠蓁無法理解亦菲這驚訝的反應。

「啊，沒事。」亦菲故作鎮定，又動起餐具吃下一口焗烤飯。

詠蓁也不以為意，為了緩解自己製造的嚴肅氣氛，她長嘆了口氣後說：「但是妳會有這種想法也不能怪妳，人在低潮的時候總會有想要放下一切的念頭，而且自私本來就是人的本性，人類真的好矛盾啊！」

亦菲邊咀嚼著口中的食物邊微笑回應詠蓁，在吞下食物後她開口說道：「不，妳說得沒錯，我剛剛的想法的確太自私了，完全沒有考慮到我身邊其他人的心情，要是我爸媽連我這個女兒也——」

「好了好了，快吃飯，總之妳的頭沒事就好了。」詠蓁迅速舉起雙手擺在亦菲面前打斷她說話。

「是是是。」

於是亦菲便繼續用餐，她一邊想著，關於頭痛其實有件事她一直沒說出來，因為印象很模糊，也不太敢確定是否有這種症狀。

在她頭痛發作時，似乎不時會伴隨著一些影像，但那並不是直接影響視覺，而是浮現在腦海中模糊的畫面，她也不知道該如何形容，硬要用顏色來說的話，是黑色、白色和紅色。

# 7

這天午後下了點雨，氣溫稍微下降了一些，但潮濕的程度反而更令人渾身不自在，亦菲駛著偵防車在太平區穿梭，依循導航系統從大馬路穿越到小街巷，副駕駛座上的是德華。

導航發出嗶聲提示到達目的地，亦菲和德華確認過位置後便在附近徘徊尋找停車位。

「等一下。」德華突然喊道。

亦菲踩住煞車，問了德華：「怎麼了？」

德華注視著擋風玻璃外，他正緊盯著一名男人，亦菲也向德華的視線方向望去，同時明白了德華要求停車的用意。

真是剛好。亦菲心想。

那名男人正是他們要找的對象。他是莉安的前男友梁正淵。

「我先下去，妳停好車後聯絡我。」德華說完便匆忙下車。亦菲望向車外，德華在正淵走進家門前將他攔下。

確認對方沒有逃跑企圖後，亦菲踩下油門，行進的同時也張望附近路邊的車位。最後，她在附近步行約五分鐘的距離處停放好車。

聯絡了德華後，德華說他和正淵在大門口等著，那是有管理員的社區，根據調查資料，正淵現在是一個人住。

亦菲和他們會面後，正淵便一臉不甘願地引領他們進入社區。

正淵帶著抱怨的語氣自言自語道：「呿，警察來找我是要幹嘛。」

正淵的話完全傳入了亦菲和德華的耳中，或許他也是故意想讓亦菲和德華聽到的。

刺鼻的古龍水味從正淵身上飄散出來，仔細打量他的裝扮，身上穿的皆是昂貴的名牌貨，就連眼鏡戴的也是法國製的知名品牌，很難想像他曾經是莉安的交往對象，因為兩人感覺一點都不搭調。

社區庭院豪華，就連裝飾用的盆栽也經過精心雕刻，整體富麗華貴。他們走進社區中靠南邊那棟樓的電梯，據說正淵現在住的地方是父親買給他的，他父親是貿易公司的高層主管，自己也利用了父親資助的資金開了一間夜店，且經營得有聲有色，是個名副其實的富二代。

進入了正淵的住處，亦菲和德華環視一周，三房兩廳，總面積估計約有三十坪左右。

亦菲忍不住心想，一個人住這種房子不會太大嗎？

「你們先到客廳坐下吧，我去換個衣服。」正淵說，並同時打開了冷氣。

「那我們就不客氣了。」德華說完，便和亦菲一同到客廳的沙發坐下，這沙發坐起來相當舒服，不論質感或軟硬度都恰到好處，光坐下就感覺消除了不少疲勞，應該也是不便宜的高級品。

待正淵走進房間後，亦菲問了德華：「他剛剛是為什麼出門？」

「說是出去吃飯，他才剛起床沒多久。」

亦菲看了手錶，已經將近三點。

但也的確，依一位要在晚上工作的人來說，中午以後才起床也是再正常不過的。不過只是出去吃個飯就打扮成這樣，還真不愧是夜店的老闆。

正淵換好了衣服後從房間走出，比起剛剛的襯衫和西裝褲，現在這樣穿著背心和短褲感覺輕鬆多了，但過重的古龍水味還是令人不舒服。

「要喝什麼？紅酒可不可以？」正淵在側邊的單人沙發坐下。

「不了，執勤中不能喝酒。」德華回應。

「那就別怪我沒招待你們了。」

「不用費心。」

正淵表現的態度高傲，又一副像是被警察找麻煩的樣子，即使如此，他自己也不可能不知道前女友莉安遇害的事。

「請問你認識吳莉安小姐嗎？」亦菲開門見山地問，見正淵沒有馬上回應，而是瞥開眼神，亦菲又以更強烈的語氣說，「認識對吧，她還是你的前女友，我有說錯嗎？」

「不，妳沒說錯。」正淵的眼神轉回亦菲臉上，「那又怎麼樣？」

「我們發現吳小姐在八月三十一日晚上七點左右遇害，首先請問你，你那時候在哪裡？在做什麼？」德華接著說道，他和亦菲兩面夾攻，壓制正淵的氣勢。

「我在家處理工作的事，哪裡也沒去。」

「有人能為你證明嗎？」這次又換亦菲問。

「沒有，但我確實沒有殺她，也幫不上你們什麼忙，所以你們還是請回吧。」正淵說話乾脆，也很明顯不想多談關於這方面的事。

「你可能有些誤解，我們並不是懷疑你犯案才找上你的，我們是在針對被害者的關係人做調查，至於你能不能幫上忙，由我們來判斷，還希望你能配合。」德華說。

正淵擺出了不甘願的神情，無奈之下才說：「那你們想問什麼就快問吧，我的時間可不多。」

亦菲邊翻著筆記本問道：「勞煩你了，請問你和吳小姐是怎麼認識的，感情狀況怎麼樣，還有——」

才說到這，她就被正淵高亢的聲音打斷。

「喂，這跟案件有什麼關係嗎？」正淵的不滿全寫在臉上。

「我說了，這些由我們來判斷，請您配合。」德華說完，便用眼神示意亦菲繼續詢問。

「還有你們是什麼原因分手，請詳細說明。」亦菲接著說完剛剛被打斷的問題。

正淵深吸了一大口氣後又吐了出來，他答道：「我們是透過共同朋友認識的。」正淵語氣停頓，又說，「不對，不能說是共同朋友，應該說我朋友是她的客戶。」

亦菲和德華用眼神示意正淵繼續說下去。

正淵的表情透露著不滿，也帶著一絲畏懼。

「有次我在我朋友家喝酒，剛好那天我朋友說有個保險業務員要來拜訪，那個業務員就是吳莉安，我們就是在那次機緣下認識。」

「那是什麼時候的事？」亦菲問。

「大概是……」正淵用手指算著數，「八個月前。」
「也就是說，你們在認識了兩個月後開始交往的，對嗎？」
「妳怎麼會知道？」正淵瞪大了雙眼，面容訝異。
「這我們無法告知，請你回答我們的問題就好。」
正淵不服氣地說：「既然你們都知道了，那還來問我幹嘛，你們從別人那邊調查就好了啊。」
「請冷靜，那只是從他處得到的調查結過，會問你是想要和你確認，我們還是需要你親口供述。」
亦菲說完後，德華也接著補充：「我們也不想浪費你的時間，如果想快點結束的話，必需請你配合。」
正淵沉默了數秒，又不甘願地回答：「對，差不多是兩個月。因為那次朋友的介紹，她也很健談，我們又只相差一歲，所以很快就熟識了。」
亦菲確認筆記裡的紀錄，正淵確實大莉安一歲左右。
「這半年的交往過程中，有發生過什麼爭執嗎？」亦菲問。
「沒有，就算有也都只是零碎的小事而已。」正淵的眼神不安定地飄移。
「可以舉例一下零碎的小事有什麼嗎？」
「就只是約會遲到或生活習慣而已，沒什麼大事情啦。」
「生活習慣？你們有住在一起嗎？」
「不算是住在一起，她只是有空的時候會過來我這裡住。」
「那麼，這裡應該曾經有屬於她的東西囉，如果還放在這裡的話，可以讓我們看看嗎？」
正淵不怎麼爽快地答應後，帶德華和亦菲來到其中一間房間，那是他的臥室，莉安來這裡時也是與他共用這一間房間。臥室約八坪，擺放著雙人床、衣櫃、小型電視等家具，與一般人的臥室比較並沒有什麼特別之處，頂多就是裝潢比較雅緻。

在他們分手後，原本說好莉安要來拿回自己的東西，但卻也因為事件發生而一直放到現在。仔細看過一遍後，莉安的物品只有一些衣物、化妝品、盥洗用具等生活用品而已。

「其他兩間房間是做什麼用的？」德華問。

「一間是工作室，用來處理工作的任何雜事，另一間現在空著。」

他們回到了客廳，繼續剛才的問話。

亦菲看著正淵的樣子，他完全沒有因為莉安遇害而表現出一絲情緒，這是對曾經喜歡過的對象該有的反應嗎？她不禁思考著。

「既然你們沒發生過什麼大爭執，那為什麼要分手呢？是有其他特別的原因嗎？」亦菲想從這個問題中得到答案。

沒想到，正淵卻像抱怨似地說了起來。

「還不是因為……是她的問題，是她想法太狹窄了。」正淵說話變得有些吞吐，「她沒辦法接受我身邊有太多女性朋友啦。」

「身邊太多女性朋友？」

「對，你們既然有調查過的話，應該也會知道我是做什麼工作的吧，因為工作的關係，身邊本來就會有很多女性，但那些真的都只是工作上的交情而已，是她把這件事想得太嚴重了啦。」

「你的意思是說，吳小姐在吃醋嘍？」

「對啦，是她自己沒辦法看開，她想要分手那就隨便她。」

雖然正淵這麼說，但他的話還是令人難以相信，像這種紈絝子弟，信得過的實在少之又少，完全能感覺得出只是片面說詞，亦菲甚至開始懷疑莉安怎麼會看上這種男人。

但亦菲又趕緊打消這些想法，辦案時絕對不能帶著個人偏見或情感，這是基本條件。她將正淵剛剛所說的話記錄在筆記本內。

「這麼說的話，分手是吳小姐提出的嘍？」

「對啦。」

「我知道了，那麼，能請你留下你那位朋友，也就是吳小姐的客戶的聯絡方式嗎？」

正淵又是一連的推託之詞，最後好不容易才說服他。

「感謝你的協助，接下來……」德華說著，邊從筆記本中抽出一張相片，「請問你對這個圖案有沒有什麼印象？」

那是在現場留下的暗號的相片，與給莉安父母看過的是同一張。

正淵在看到相片時，能感覺到他心頭打顫了一下，但正淵馬上回過神斬釘截鐵地回答：「沒有。」

這種過於自信的反應，反而讓人覺得不自然。

「是嗎，沒有就好。」德華今天不打算再追問，將相片重新放回筆記本內。

「什麼？什麼叫做沒有就好？」正淵反過來問了德華。

「喔，不，那我更正我剛剛說的話。」德華停頓了語氣，接著說：「沒有也沒關係。」

正淵還是一臉不服氣，但德華接下來說的話讓正淵終於卸下了始終保持警戒的表情。

「那麼，這次就打擾了。」

「這次？拜託別再有下次了。」

德華笑著回應：「我們也希望如此。在那之前，能跟你借一下廁所嗎？」

正淵指了洗手間的方向，德華便自行前往。

待德華從洗手間出來後，正淵迫不及待地引領他們離開他的住處。

回到車上後，同樣由亦菲坐進了駕駛座，德華開口對亦菲說。

「剛剛表現得還不錯嘛！」

「這種話就不用說了啦，都做多久了，就只是負責詢問而已。」亦菲說話時沒有任何情緒起伏，其實她一直不太習慣被誇獎。

「妳就別這麼客氣了吧，這種時候就表現得開心一點啊。」

亦菲不知道該如何回應，只是撇了下頭露出尷尬的微笑。

德華轉身將手伸向後座，他從放在後座的背包中拿出一只保溫瓶，並將保溫瓶遞到亦菲面前。

亦菲疑惑地看著德華，德華便抬了抬下巴示意亦菲收下保溫瓶。

「妳不是有頭痛的困擾嗎，裡面是蘋果茶，聽說能止頭痛，先喝一點後再開車吧。」

「喔……」亦菲還是一陣不知所措，「謝謝。」

亦菲轉開了瓶蓋，淡淡白煙伴隨著蘋果香從保溫瓶中竄出。

「是熱的啊！」亦菲的語氣就像是同時在說：「這種天氣你是想熱死我嗎？」

「當然要喝熱的啊，都頭痛了還想喝冰的是想更嚴重嗎？」德華笑著說。

亦菲在沉默了兩秒後又說：「好啦，謝謝。」

說完，亦菲便將保溫杯靠近唇邊，慢慢喝下蘋果茶。

德華望向亦菲，突然開口說：「太好了，妳還是沒什麼變。」
德華這麼說時沒有帶任何的語氣，就像是自然地脫口而出一樣。
亦菲吞下一口蘋果茶，差點嗆到，她挑起一邊眉毛瞄向德華的方向。

# 8

重低音頻繁地震動耳膜，炫彩的燈光掃動著原本漆黑的室內，整個空間充滿了無數激昂亢奮的年輕人，透過酒精催化，不論男女皆釋放出生活的壓力，正展現著自我最真實的一面。當然，也有少數例外，只是安靜地待在角落。
一名男子在吧檯喝著調酒，身邊沒有其他人，他只是不停掃視室內，冷靜的模樣與周圍環境格格不入。
突然，他的視線鎖定了某個方向，在他視線中的是一名身穿白色低胸洋裝的嬌小女子，而女子面前是一名穿深灰色襯衫，梳著油頭的俊俏男性，他們正互相摟著對方的腰，隨著音樂擺動身體。
男子放下酒杯，快步走到女子身旁，一手將那名油頭男性推倒在地，並抓住了嬌小女子的手腕，周圍的人見狀都隨之遠離。
女子看了那名抓著她手腕的男子，瞪大訝異的雙眼。
「你怎麼會在這裡？」女子問。
「這是我要問的吧。」男子的雙眼瞬間充滿了血絲，狠瞪著女子。

「我……」女子語塞，顫抖著嘴唇。

「這個人是誰？」男子舉起另一隻手，指了正從地上爬起的油頭男性。

「你不是說今天公司加班很累回家休息了嗎？」

「不要迴避我的問題。」男子發出更猛烈的怒吼，「妳不是也說今天要在家做簡報嗎？怎麼會在這個地方啊？」

見女子愣著沒有回應，男子又對著她大吼道：「說話啊！」

五、六名身材壯碩的保安朝他們走來，男子見狀便從腰間的褲縫抽出一把鐵製小刀，同時對周圍喊道：「不准過來！」

周圍引起了一陣騷動，所有人的注意力集中在持刀男子上，音樂也停止播放，熱鬧的氣氛霎時間變得一片沈靜。

一名看似幹部的黑衣男子也走了過來，對著保安們以責備的語氣說：「搞什麼啊，你們入場安檢做假的嗎？花錢請你們來當模特兒是不是，機器人都比你們有用，媽的。」

現場成了一片膠著，誰也不敢亂動一步，男子一手抓著女子手腕，一手拿著小刀指著周圍。

「請你適可而止。」又一名男性的聲音傳了過來，朝聲音的方向看，那名男性皮膚白淨，眼神深邃，他正走到持刀男子面前。

「你不要過——」持刀男子說到一半，在看到對方手上的證件後止了唇舌。

對方將證件高舉，前後兩面輪流展示予持刀男子。

證件正面印有「刑事警察」字樣以及警徽，而背面的職別與姓名也分別註明了「偵查正　羅德華」。

男子僵持在原地，看著德華沒再吭出一聲。

德華與男子四目相對，他計算著男子眨眼的頻率，在男子闔上眼之際，德華一腿抬起，將男子手上的小刀踢落，為了不波及他人，他也計算了命中點的角度，使小刀直接落往一旁地面。

小刀碰撞地面發出清脆聲響，男子還來不及反應，德華又拉住男子的手並解救女子，再以擒拿術將男子制伏在地。

保安見狀後便上前協助，半晌，鬧事男子被請出場外，轄區員警也趕到並將男子帶往警局，而女子和那名油頭男也分別坐上了不同警車被進一步詢問。

騷動平息後，德華又回到了另一個不起眼的角落。

「你是藉機來這種地方玩樂嗎？」熟識的聲音傳入德華耳邊，德華轉頭一看，亦菲竟然也出現在這裡。

德華曾露出一瞬間驚訝的表情，但馬上又恢復平靜的面容。

事實上，德華主要不是因為亦菲出現在這而感到訝異，是因為他很久沒看到亦菲如此生活化的打扮了。

亦菲穿著黑色雪紡背心和牛仔短褲，還戴了一頂黑色的棒球帽。相較之下，自己只穿了黑色襯衫和直筒褲，顯得相當樸素。

「妳看起來才像是來玩的吧。」德華打量著亦菲。

「我可沒在玩，會穿這樣只是為了融入環境。」亦菲反駁。

這天是查訪正淵的兩天後，在離開他住處後的這段時間，德華一直對正淵抱有很大的懷疑，總覺得他在隱瞞些什麼。

「既然妳也出現在這裡了，也說明妳對梁正淵抱有什麼想法，對吧？」為了蓋過現場吵雜的音樂聲，德華使力喊道。

「嗯，只是感覺他有很多事情沒有說出來，但也沒有證據能硬逼著他說出什麼，所以……」亦菲用長音省略了「來到這裡看看」這幾個字。

他們不約而同地抱著同樣的目的來到此處——正淵所經營的夜店。但已接近午夜十二點，還未見到正淵本人的身影。

另外，今天下午偵查會議的部分內容也使他們相當在意。

經其他偵查員調查的結果，莉安的客戶，同時也是正淵朋友的那名男子表示，正淵和莉安的確是在如正淵所說的機緣下認識，但分手的原因卻有些出入。

最初該名友人也相當抗拒說出他所知道的實情，最後才好不容易使他放軟了心，道出他僅知的大致狀況。

他們會分手的起因在於正淵劈腿，而且劈腿的對象還是莉安相當要好的朋友，名為陳曼妮。莉安和曼妮自從大學時期就認識，至今已有十年以上的交情，也因此，莉安當時自然地將自己的男友正淵介紹給曼妮認識，他們熟識後，三人時常會相約聚餐、出遊，但沒想到，正淵和曼妮的關係開始往不自然的方向發展，被莉安察覺後，莉安不僅和正淵大吵了一架，甚至分手，和曼妮也漸漸疏遠，導致最後三人關係徹底決裂，曼妮也因為擔心外界眼光，斷絕了與正淵的一切往來。

目前還無法確定以上這些說法屬實，細節也還有待調查。

依上層指示，正淵和曼妮皆列為重要關係人，專案小組也已掌握到曼妮的聯絡方式，德華和亦菲的下一位查訪對象就是陳曼妮，時間在明天下午。

另外，在莉安遇害當天截至目前為止，完全沒搜索到任何目擊情報。查訪了多數莉安的親友，也未有明顯的斬獲。

而幾天前專案小組收到的包裹，經過鑑識組的鑑識，心臟確實如大家所想，是被害者莉安的。但在心臟、紙盒、保麗龍，甚至是信封和信紙上都未化驗出任何指紋或是利於破案之線索，使警方不得不佩服兇手的犯案手法謹慎高明。

雖然有化驗出信中印刷文字的墨水種類，但那是某大廠牌的墨水，各家輸出店和多種家用列表機都會使用此種墨水，對破案很難有參考價值。

還有關於包裹的來源處，雖然宅配公司在受理寄件業務時寄件人有留下個人聯絡方式，但經查證後全是假資料，目前還在持續詢問宅配公司的業務受理人員。

辦案同時，還必須預防兇手再度犯案以及應付各家媒體，整個專案小組的成員都忙得焦頭爛額，讓德華不禁感嘆，近年來願意從事警察工作的人實在越來越少，人力吃緊使他們工作量日漸提升。

德華伸展了筋骨，隨口說了一聲：「開膛手傑克啊……」

因為現場的噪音太大，亦菲想確認德華說了什麼，而德華僅以「沒什麼」回應，並另外說了：「當年開膛手傑克的案子至今一百多年也還不能說是破案啊，都足以過完人的一生了。」

「那是因為當時科技還不夠發達啊，加上辦案技術也還沒成熟啊，不能相提並論吧。」

「我知道，我只是隨口說說。」德華微笑道。當然，他也真心希望能盡早破案，不，比起說希望，應該說他也正盡著自己的一份力為破案努力。

他們一邊談論，一邊注意著周遭環境，眼看正淵一直沒出現，現場也沒任何不尋常之處，亦菲問了德華：「你打算待到什麼時候？」

「我也在思考這個問題，明天一早還得上班，但既然都來了，不待到結束營業好像又覺得划不來。」

夜店的營業時間是到凌晨四點。

明天一早，德華必須到局裡準備查訪陳曼妮的事務。

「你還真是超人的體力。」亦菲這麼說並沒有諷刺的意味，但也不像是崇拜或羨慕。

「怎麼？妳已經累了嗎？」

「沒有，如果你要待到結束的話，我可以陪你到最後。」

德華聽到後露出略帶感慨的微笑，並接著說道：「這是出自於後輩的體貼嗎？那麼在這空檔期間……」

亦菲看著德華遲遲不將話說下去，開口問了：「幹嘛？」

「要來跳支舞嗎？」

「不用了。」亦菲帶著輕視的眼神回應。德華知道這眼神並無惡意。

兩人同時笑出聲。這種感覺令人懷念。

到營業結束前，夜店內的人數已大幅減少，不少年輕人也因不勝酒力醉倒在一旁，氛圍如同熱火後的餘溫。

而凌晨四點一到，除了工作人員以外的人皆被請了出場，包括德華和亦菲。

最後，正淵還是未如他們所期望現身。

步出夜店後，他們在夜店門口停留了十分鐘左右便各自踏上歸途。

## 9

因為這個時間點的交通順暢，德華在離開夜店後半小時內就回到了住處。他簡單地盥洗後，全身就像瞬間斷電一樣，躺上床便立刻睡著。

而在短暫的睡眠後，手機傳來的鈴聲使德華再度醒了過來，原本以為是先前設定好的鬧鐘，但看了牆上的時鐘，六點三十分，距離設定的八點還有一大段時間。

德華拿起手機，看了一眼確認是來電。在看到來電人後，他頓時清醒，並開始做出門的事前準備。他一邊換下睡衣，一邊以手機與慶明交談。

德華嚴肅地聽著從話筒另一邊傳來的聲音，那菸酒嗓語氣沈重，不好的預感成真了。

在烏日區發現一名女性屍體，被害情況與莉安一模一樣，而更令他震驚的是被害者的身分——陳曼妮。

## 10

不願接受到的消息還是傳來了。

被害者於一座兩層樓的廢棄工廠內被發現，位於住宅區周邊，附近大致上是四、五層樓左右的透天住宅，發現時間為九月八日清晨。除了屍體是如上吊般懸掛於二樓，受害特徵皆與莉安相同，遭開胸、取心，且兇手刀法精準，研判是同一人所為。
發現者是一名老年婦人，婦人於清晨六點左右散步經過此廢棄工廠，在察覺不對勁後便報警求助。據婦人供述，在經過廢棄工廠時，似乎是某種外力作用才使她注意到懸掛在工廠內的屍體。
而相較於上次兇手在較隱蔽的地方犯案，這次竟然選擇在住宅區周邊，還將屍體吊掛起來，行事顯得更加大膽。
在此周邊的監視器也只有少數，且人口流動頻繁，要從監視畫面調出線索有相當的難度。
「妳不覺得有些地方很矛盾嗎？」德華問亦菲，他們兩人正並肩巡視現場。
「矛盾？」
「妳覺得兇手犯案後，是想引起大家的注意還是不想？」
「這還用說，兇手都留下暗號了，也寄了包裹到警局，很明顯是想引起關注吧。」亦菲依著自己的直覺回答。
「既然這樣，為什麼兇手儘選擇在這種較隱蔽的地方，比起沒什麼人經過的橋下和廢棄的工廠二樓，應該會有更好的選擇才對。」
「因為像這樣的地點較利於行兇啊。」
「就算如此，兇手也必須確信有人能在短時間內發現屍體吧，若屍體一直沒有被發現，他想受到社會關注的計畫不也就失敗了嗎？更不用提暗號和包裹了。」
亦菲認為德華言之有理，她開始回想第一名被害者莉安被發現的過程——貨車司機因為要確認貨物所以將貨車停放在路邊，偶然注意到了橋下的屍體。
這怎麼看都不像是經過兇手刻意安排的情況。

而這次發現屍體的那名老婦人也只說「好像是有什麼東西在叫我」，並未具體說出是受到怎麼樣的感官刺激，更拿出宗教說法來解釋是被害者的怨念傳遞到了她身上。

亦菲繼續思考著，如果屍體是被懸掛在窗邊的話，確實能保證被發現的機率很大，但今天屍體是被懸掛於整個二樓的中央，離窗邊有一段距離，即使在工廠外的馬路，不特別注意的話根本不太容易察覺，這使兇手想讓人發現屍體的說法難以成立。

這時，隊長許慶明召集了部分人員，在現場對此個案進行大致的報告。

「被害者叫陳曼妮，三十三歲，沒有結婚，戶籍住址登記在后里區。前幾天專案小組也調查過了，這位陳小姐與上一位被害者吳小姐應該有不淺的關係，再來，這兩位被害者都與重要關係人梁正淵有複雜的過往。」

說到這裡，在聽取報告的刑警各個神情肅穆，也有些人擺出別有意味的表情。

慶明繼續道。

「這次的被害人身上同樣找不到手機或任何通訊器材，以此推斷被兇手帶走的可能性很大，而在地上也留下了同心圓暗號，但與上次不同的是，上次的同心圓有三圈，這次的只有兩圈。」

暗號是在屍體不遠處的地上留下的，所有人都已確認過，而同心圓減少了一圈，在大家心中的推理大致相同——兇手利用暗號在倒數。若三圈同心圓代表三，兩圈代表二，那麼這表明著，兇手預計再殺害一個人。

慶明結束簡要報告後，各偵查人員便又各自執行工作。

德華走出廢棄工廠，在周圍繞了一圈後又回到二樓獨自漫步。

在他看向窗邊時，突然「啊」了一聲，亦菲注意到德華的舉動，前來到德華身邊想了解狀況。

正當亦菲想要問德華發生什麼事的時候，反而被德華搶先發問。

「今天日出是幾點？」

亦菲先是對這個問題感到莫名，但還是拿出手機為德華確認。

「五點三十八分。」

「嗯……」德華若有所思地四處張望，他接著道。

「我大概能猜到，兇手是用什麼方法吸引了那位老婦人的注意了。」德華說這句話時，是望著窗外太陽的方向。

亦菲將注意力集中在德華身上，眼光表現出驚訝，還有期待。

「首先，這座工廠的高度不高是首要條件，而窗戶也不能太小，再來就是方位。工廠面向老婦人走過的馬路那一面是面西邊，而當然相反的那一面就是太陽升起的方向，當婦人經過工廠的某個位置時，恰巧與剛升起的太陽、工廠兩面的窗戶，以及懸掛的屍體形成了一直線，但只是這樣的話，還不足以能夠吸引老婦人的注意，關鍵要素是這個。」說到這時，德華不知從哪拿出了一片葉子並舉在自己眼前。

「葉子？」

「不是葉子，是風。」德華手上的葉子，的確因為風的關係而正不安定地左右搖擺，「今天稍微有點風，所以被懸掛的屍體也因此被吹動著。」

聽到這時，亦菲大概了解德華的推論了，這時她也才恍然大悟，為了理解得更詳細，她聽德華繼續說下去。

「因為屍體的擺動造成了陽光的閃爍，才會在老婦人的眼角餘光形成視覺刺激，並使老婦人往屍體的方向看，而剛好在老婦人看向屍體時，她已經脫離了屍體和太陽形成的直線，便看不到兇手所製造的閃爍效果，而是直接看到整顆太陽和懸掛的屍體，因此，老婦人才會無法確切形容出她是被怎麼樣的外力吸引注意力。」

亦菲不禁對德華感到佩服，換作是自己，大概得花上一大段時間才能得到這樣的結論。

德華接著補充：「這應該也是為什麼這次兇手要將屍體懸掛起來的原因。」

「但是，既然刻意要讓人發現，直接把屍體掛在窗邊不是比較省力嗎？」

「兇手會這麼做或許有兩種可能，第一種是，兇手覺得在窗邊動作的話，很容易被當場發現，當然是靠屋內一點動作比較安全，第二種就是……」

「就是……」

「兇手想向警方證明他很聰明。」德華眉頭深瑣，頻頻點頭。亦菲能看出來一股鬥志從他心中燃起。

「但兇手要怎麼確定那個時間點會有人經過？」亦菲又問，同時自己也跟著思考，「還有第一次的案件呢？完全看不出來兇手要讓人發現的意圖啊。」

「嗯……」德華又陷入沈思。心裡還沒有明確的答案。

據那名老婦人說，她每天都是固定時間出門散步，且路線也相同。難道兇手在犯案之前已經在這裡觀察過一段時間了嗎？

那第一次的案件呢？

這時，法醫結束屍體的初步判定，死亡時間推測是今日清晨五點左右，屍體正搬運往樓下。

看著正被搬運的屍體，德華說了：「若兇手想效仿開膛手傑克，那鎖定的目標應該會是妓女吧，會不會是……」

亦菲眼睛一亮，接著說：「對喔！我這陣子研究了關於開膛手傑克的歷史，被你這麼一說，當時在英國倫敦受害的確實都是妓女沒錯，但是……」

「有人清楚查過這方面的事嗎？」德華指的是，莉安生前是否曾從事於性產業。

「我想應該沒有。」亦菲邊說，邊想著往這方面調查的可行性。

雖然說目前莉安和曼妮的共通點已經不少了，但若能查出這方面的相關線索，或許會是一個突破。

德華思忖著，同時懊悔自己現在才想到這個問題。

另外，以原本調查進展來看的話，梁正淵和陳曼妮這兩位重要關係人都是有殺害莉安的動機的。

如今，連曼妮也遭到殺害的話……

急促的腳步聲從樓梯的方向傳來，一名偵查人員快步靠近，如果沒記錯的話，他是鑑識組的。鑑識組人員以所有人都能聽到的音量，迫不及待道出。

「第一起案件現場採集的毛髮中，在其中一種驗出了梁正淵的ＤＮＡ。」

## 11

偵查會議一結束，慶明便立刻離開座位，匆忙走出會場。

因為第二起案件的發生，全臺中各轄區都增派了人力加入專案小組支援，像這種手法極度兇殘、犯案技巧高明的連續殺人案件，在臺灣的犯罪歷史上還未曾出現過。

而所有媒體已經開始大肆做文章，網路上的討論聲更是熱烈不斷，警方也已呼籲民眾，入夜後盡量避免單獨行動。

值得一提的是，今天上午已下了梁正淵的逮捕令，並成功將他以犯罪嫌疑人的名義帶回警局，目前正在偵訊室等待偵訊。

但在對方認罪之前，還是不能掉以輕心。

少數偵查人員也集合至設於偵訊室旁的偵訊觀察室。包括亦菲，他們正等待觀察偵訊過程。

不久後，慶明步入偵訊室。

這次的偵訊主要由慶明負責，德華隨後入內並闔上門，他負責在一旁協助慶明。

「我要說幾次你們才會聽啦，我根本沒有那閒工夫去殺人啊！」正淵一見他們進來，忍住不大聲喝道。他在說話時使力地拍了眼前的桌面，並抖動著腿使老舊的椅子發出咿咿的聲響。

慶明沒有馬上回應，在他和德華於正淵對面就坐後，才以那威嚇力十足的菸酒嗓說：「你的頭髮都掉在現場了，還想要反駁什麼？」

能夠從現場採集到的毛髮中比對出正淵的DNA是因為，德華在查訪正淵那天，從正淵住處的洗手間取了正淵的毛髮回來。

正淵將視線瞥向他處，重重地嘆了聲氣，不發一語。

德華拿出證物袋和一份影印文件，證物袋中裝的是正淵被查扣的手機，而那份影印文件上，是正淵以通訊軟體和莉安的對話紀錄。

對話紀錄的內容大致如下：

8月31日——

16:36　正淵：妳幾點下班？要過來了沒？

16:48　莉安：我今天沒空，改天。
17:01　正淵：改天是什麼時候？
18:24　正淵：？
18:30　正淵：妳在哪？

最後，莉安在晚上七點零三分傳了位置訊息給正淵，該位置正是莉安的遇害地點。

「你要怎麼解釋這些？」慶明問。

正淵終於開口回答：「我是要她把放在我家的東西拿回去。」

「然後呢？」

「然後什麼？就像你們看到的一樣，她一直不回我訊息啊。」正淵指著眼前那份對話紀錄的影印文件，「又莫名其妙傳了位置訊息，我才會跑過去看的，等我到那裡的時候就看到她已經那樣了。」

「看到誰哪樣？說話說清楚。」慶明的吼聲在偵訊室內迴盪。

正淵「嘖」了一聲，瞪了慶明後說道：「看到吳莉安已經死了。」

慶明無奈地搖著頭，以挑釁的態度問：「那你為什麼不報警啊？」

「我……」正淵語塞了半晌，「我就是不想惹麻煩啊，我就是不喜歡一直被別人問東問西的，不行嗎？」

「就算是鬧出人命的事？」慶明面露不悅，「人就是你殺的，還硬要狡辯！」

正淵又保持緘默並無奈地搖著頭，也不正視慶明和德華。慶明便又更強勢地說：「你就是不滿人家跟你分手才會狠心殺害人家！像這種得不到人家的愛就加害人家，這種案子我也辦多了。」

「拜託，我根本就不會想殺她好嗎。」

「那你說，你到現場之前在哪裡？」慶明以其他角度切入問題，不改嚴肅的面容。

「我當然是在家等她啊，她之前就說要來我家把東西拿回去，拖了多久還不來拿。」

「再來，你怎麼過去現場的？」

「開車。」正淵不甘願地回答。

照正淵所說的話，就算正淵在收到訊息後的七點零三分離開家中，到現場也只要十五分鐘左右，加上行兇時間，還是符合莉安的估計死亡時間範圍，就算能證實正淵七點零三分以前在家，這個說法還是無法使他脫罪。

更奇怪的問題還是，莉安為什麼會在那種地方。

雖然已從莉安的同事口中得知，莉安的機車壞了所以送到車行維修，那幾天她都是叫計程車或是搭乘大眾交通工具來行動，但還是無法理解她出現在那橋下的原因。目前只能推斷，莉安在遇害前不是叫了計程車，就是被其他人載到那裡的。

德華試著以正淵就是兇手的前提進行推測，正淵或許早就在莉安六點下班後與她會面，並將她載到橋下後行兇，而這段時間內，正淵只要每隔一段時間傳訊息給莉安，並防止莉安回覆，就可以製造出兩人尚未會面的假象，最後，行兇得逞時再用莉安的手機傳訊息給自己，配合剛才的供述，便能合理解釋為何現場會有他掉落的頭髮。

德華思忖著，嘗試拼湊出各種手法。

「昨天凌晨四點至五點之間，你在哪裡做什麼？」慶明問。

正淵依然行使緘默權，並擺出不屑的眼神瞄了慶明。

慶明至今的疲勞及壓力在此刻毫無保留地爆發，他的雙眼佈滿血絲，使了極大的掌勁拍向桌面，起身對正淵大聲斥喝。

「你這是什麼態度！這是犯錯的人應該有的樣子嗎，你最好給我老實一點，如果不想被問那麼多，趕快乖乖認罪就沒事了！」

正淵也不甘示弱地回應：「我都說人不是我殺的了，你要我他媽認什麼罪！就憑我的頭髮掉在現場？我也已經跟你說我的頭髮掉在那裡的原因了，你又不相信，那我還能怎麼辦？」

德華扶住慶明的肩讓他坐回位子上，試圖使他恢復冷靜，接著也對正淵說：「請你先冷靜，如果你想證明你沒有犯罪，那麼請你告訴我們你知道的所有實情，我們會據實查證，並盡量協助你脫罪。」

正淵擺著憤慨的神情，不看德華和慶明一眼，也沒說出任何一句話。

直到三十分鐘後，正淵的情緒才稍微冷靜，他娓娓道出有關莉安、曼妮和他的詳細關係。

大致上如同先前調查過的，他和莉安是藉由中間人認識的，而在他們交往後，莉安也將他介紹給曼妮認識，因此衍生出後續的三角關係。

「我承認啦，自從認識陳曼妮後，我開始慢慢對她有意思，對吳莉安的感情也越來越淡。好幾次，我單獨約了陳曼妮出去，她也知道了我的意思，而且並沒有抗拒，結果不巧地，一個月左右前在吳莉安的生日派對上，因為吳莉安酒喝多了，所以我先載她回家，在確認她熟睡以後，陳曼妮傳了訊息問我在哪。我老實回答她，她卻要約我出去，而且還是旅館，當時我根本管不住自己的衝動，以為能僥倖瞞過吳莉安，結果誰知道她在不久後就醒了，拼命聯絡我跟陳曼妮，最後終於被她發現……」

「好，到這邊為止，我先問你幾個問題。」慶明也冷靜了下來，以平和的口氣問道，「你說的生日派對，是什麼樣的派對？」

「是在汽車旅館辦的，我和吳莉安負責所有的費用，有十幾個人左右參加，都是她的好朋友，而且幾乎都是女生。」

慶明趁著正淵稍微卸下心防的機會，調整偵訊的步調。

「你和陳小姐見面後，有發生關係嗎？」

「這種問題不用問也沒關係吧。」

只見慶明又使出眼色，正淵才不情願地點了一下頭。

「我知道了，請繼續。」

在正淵說下去前，他表示口渴並要了杯水，之後才繼續說道。

「然後她就找我大吵了一架，又拼命找陳曼妮理論，並在兩天後正式跟我分手。之後我就找陳曼妮聊了一下，她說她和吳莉安之後完全沒有任何聯絡，也對我說不想再和我有瓜葛，就這樣，我跟他們的關係就結束在這邊。」

「這件事情，還有誰知道？」慶明問。

「沒有了，知道的就只有我們三個當事人。」

就正淵以上這些供述來看，還是無法完全排出他殺人的動機。

不一會兒，正淵又接著以感概的口吻說：「但在我看來，吳莉安只是想藉著這次機會來跟我提分手罷了，我在那之前就感覺到，她可能早就不想跟我再交往下去了。」

「怎麼說？」德華問。

「因為我想她終於看清楚我是怎麼樣的人了吧。」正淵苦笑著說，「我在追她的時候，連我自己都覺得神奇，我好像變成了另一個人，明明我們身處的環境天差地遠，我卻能融入她的世界，順應她節儉、做事確實的性格。但在交往久了之後，我也慢慢還原本性，常常對任何事都不耐煩，她才漸漸了解我根本不是像她想得那樣吧。」語畢，正淵又自嘲似地笑了一聲。

「除了這些，還有其他你知道的任何事嗎？不管是吳小姐還是陳小姐。」慶明發問的時候，語氣已沒有那麼強烈，或許是因為體力即將到達臨界值，他雙眼上的血絲好像又更重了。

「沒有，我跟他們兩人的關係能說的都說了。」

「好，謝謝你的配合，但我們還是沒辦法放你走，必須將你拘留在這，除非找到能確切證明你沒有犯案的證據。」

聽到這些，正淵的情緒又猛然大變，忍不住大罵出髒話。

「我知道的事情都已經說出來了，你們還想拿我怎麼樣！」

「抱歉，依法就是這麼規定，你現在依然是犯罪嫌疑人的身分。」慶明冷靜地回應。

「他媽的，你說我到底是什麼理由要殺人啊，真是一群無能警察！」

「請注意你的用詞，你不會想因為失言再吃上一條公然侮辱罪吧。」

正淵深吸了一口氣並怒視著慶明，他將吭不出的話鎖在喉嚨，使他的臉漲紅起來。

## 12

亦菲和德華結束了今天的走訪調查回到局裡，暮色已染了半邊天。德華在亦菲停好車後，告知亦菲他出去買杯飲料。

今天從一大早至下午分別造訪了曼妮的父母和幾位同事，曼妮的老家與公司也分別位於后里區和烏日區，因此耗費了亦菲不少體力在駕駛上。

這次查訪被害者的父母並不像上次那麼順利，曼妮的父母情緒幾乎潰堤，又不停追問兇手是誰，亦菲和德華花了好一大段時間在安撫對方情緒上。又加上少數記者在對方家門外不願離開，以致詢問難以進行，只獲得了少數情報。

而在查訪曼妮的同事時，因為是在公司內，所以能比較順利進行。曼妮是在影像公司上班，主要負責企劃方面等工作。

總結曼妮的父母和同事所述，曼妮大致上性格算不差，平易近人，外向開朗，只是偶爾會有些小脾氣。在工作上曾和他人發生過爭執，但次數不多，且應該都不至於會惹來殺生之禍。

曼妮大學時期就讀的是臺中市立大學大眾傳播系，與莉安同屬一個班級，畢業後曾至臺北工作過兩年，之後便回到臺中生活。

所有查訪過的對象中，沒有人聽曼妮提起過梁正淵這個人。

倒是亦菲在看到曼妮生前的照片時，總覺得好像在哪見過，但卻又想不起來。

亦菲下了車，恰好一名男同事從她面前經過正要走回局裡，他是科技犯罪偵查隊的，現在也是專案小組的成員，亦菲向他打了招呼，並禮貌性地問：「工作還好嗎？」

沒料到，對方像是被啟動了某種開關了一樣，在亦菲身旁停下了腳步，開始喋喋不休。

「非常難搞啊！自從第二起案件發生後，網路上的討論就不斷暴增，每天要看上萬條留言，搞得我都快瞎了。」

確實，亦菲從剛見面時就注意到了，這位同事的雙眼乾澀，眼白上佈了不少血絲。

「那些只留言說好可怕之類的就算了，偏偏不少瘋子還宣稱自己就是開膛手傑克，說要再殺更多人，不然就是說自己也要成為其他縣市的開膛手傑克，要大家等著。」同事嘆了聲氣，「就算一看就知道只是開玩笑，我們還是得追查訊息來源並往上報告，畢竟這也可能涉及到恐嚇罪，不能置之不理。」

亦菲點了頭，雖然這方面不是她的工作領域，但自己也有在關心網路消息，完全可以了解這起案件在網路上造成多大的討論，已經可以用轟動來形容了。

除此之外，也有網友自以為是地扮起偵探，起底梁正淵的背景，散佈些不知從何而來且可信度極低的消息，更有不少人輕易相信這些網路謠言，並不斷轉貼分享，使越來越多人接受到錯誤的訊息。甚至連部分媒體也為了收視率或點閱率，不經查證就刊登報導，加速誤導許多民眾的認知，且警方明明尚未確定這起案件是梁正淵所犯，在無形中卻因為多數人的意念，以及更多數人的從眾心理造成的風向，直接在無形中為梁正淵定下了罪。警方對此現象深感無奈。

受到波及的還有梁正淵的家人及朋友，有人在網路上揚言，要給予梁正淵的父母制裁，要他們為教出這種兒子負責。而梁正淵的朋友也時常被電話或是網路訊息騷擾，讓他們煩躁不安，難以度日。

惡意言詞不斷指向梁正淵和他周遭的人，其中有大量的發言都已觸及到法律責任，「這種畜牲就直接判死刑啦」、「敗類殺人魔趕快下地獄去好嗎」、「垃圾渣男死刑慢走不送」、「要是我是這種人渣的父母，我早就去跳河自盡了」。

同事經過一連串的抱怨後，感嘆地說道：「我終於體會到，這就是所謂社會上的假正義啊！」

「正義這種東西，本來就不是多數人說了就算的。」亦菲也附和。

「是吧。」同事說，「啊，對了，妳知道吳莉安有個人的網拍網站嗎？」

「網拍？完全沒有聽別人提起過。」亦菲搖著頭說。

「是嗎，這也難怪啦，她其實也沒有說很勤奮地在經營，我們這邊也是最近才不經意發現這個情報的。」

同事將莉安經營的網拍網站告訴亦菲後，亦菲便用手機簡單瀏覽過並加入書籤，如同事所說，在拍賣的物品確實不多。

亦菲收起手機便對同事說：「謝謝你告訴我這個消息。」

「不用客氣，希望能對你那邊有幫助。那我先進去了。」

「嗯，辛苦了。」

同事轉身邁開步伐，走向警局大門。亦菲不自覺地鬆了一口氣。

沒過多久，德華也拿著兩杯飲料店的手搖杯回來，並將其中一杯以及吸管遞給亦菲。

「拿去，蘋果茶。」

亦菲露出一抹微笑將蘋果茶收下，插下吸管喝了一口。

「果然又是熱的啊。」

「少抱怨了，請妳喝就不錯了啦。」

「好啦，謝謝。」

「頭痛有好一點嗎？」

「好像……」亦菲撇了頭，「沒有。」

兩人同時笑了出來，工作上的疲勞彷彿在這瞬間也隨著笑聲消除。

他們並肩走回局裡，亦菲習慣性地用手梳理頭髮時，德華看著她的手腕開口問道。

「我之前就一直很想問，為什麼妳每天都戴著一樣的手環？」

亦菲的右手腕上戴著彩色的編織手環，德華會對亦菲的手環感到好奇是因為，那只手環並不像是一位成年女性會選擇的樣式，簡直就像小學生的美勞作品。當然，德華沒有失禮到將此想法說出來。

「因為這對我來說是很重要的東西。」亦菲看著自己的手環，眼神中帶有一點悲傷。

那只手環確實是小學生的美勞作品，那是亦菲已故的姊姊亦萱在小學時送給她的。

亦菲還記得，在她小學二年級那年，姊姊亦萱為了將這只手環送給亦菲，經歷了難忘的波折。

在小學時期，因為父母工作的關係，亦菲和亦萱放學時必須自己回家，媽媽交代她們，放學後就在校門口會合，然後再一起走路回家。從學校到家裡只要不到十分鐘的距離，所以不至於需要太過操心。

某日放學，亦菲和亦萱一見面，亦萱就將書包抱至胸前，興奮地翻找著，並對亦菲說：「我有個東西要送給妳喔！」

「是什麼啊？」亦菲隱藏不住心中的期待，直盯著正翻找著書包的亦萱，並燦爛地笑著。

亦菲和亦萱僅相差兩歲，從小感情就相當要好，不管做什麼事都經常膩在一起。

「咦⁉奇怪了。」亦萱不停確認書包內，之後停下了翻找書包的動作，望向亦菲。

「怎麼了啊？」亦菲收起笑容問道。

「妳在這裡等我喔。」說完，亦萱便重新背起書包跑回學校內，因為書包的重量，使亦萱跑步的姿勢看起來有些笨拙可愛。

亦菲才在校門口等了沒多久，就看到亦萱被一名女老師帶了出來，這名女老師是亦萱班上的導師。老師說，她看到亦萱在班級前的走廊徘徊，一問之下，亦萱才說有東西忘在教室，但因為教室已經上鎖了，如果不是急著用的東西的話，老師要亦萱明天再拿就好了。

就這樣，老師將亦萱帶到校門口，並提醒亦萱和亦菲注意安全。

「回家路上小心喔，走路要靠邊邊一點，也不要跟不認識的人說話。」

「好。」姊妹倆異口同聲地回答。比起剛才，亦萱顯得有氣無力。

於是，亦萱只好在老師的目光下，帶著亦菲踏上歸途。

亦菲看著沮喪的亦萱，對她安慰道：「沒關係啦，明天再給我就好了啦。」

「可是……」亦萱噘著嘴，還是不改沮喪的面容。

一直到回家後，亦萱還是悶悶不樂。吃晚餐時，爸爸媽媽問亦萱怎麼了，亦萱卻裝作沒事，勉強擠出一點笑容。

大約八點左右，洗完澡的亦菲從浴室出來，見到媽媽慌張地對爸爸說，家裡怎麼找都找不到亦萱，爸爸也試著大喊亦萱的名字，但得不到任何回應。

「難道是跑出去了嗎？」媽媽慌張地問。

「這種時間她要跑出去幹嘛？」爸爸說。

在亦菲洗澡時的這段時間，媽媽正在廚房洗碗盤，而爸爸在房間內看書，所以沒人能注意家門附近。

爸爸走向家門，檢查了家門旁櫃子上的小籃子，家裡的鑰匙平時都是放在那個小籃子裡。不出所料，小籃子內的鑰匙少了一串。

爸爸和媽媽匆忙地穿上鞋子，並要亦菲乖乖待在家寫作業。

在爸爸和媽媽將家門闔上前，亦菲著急地叫住他們。

「姊姊跑去學校了。」

「學校？妳怎麼知道？是姊姊跟妳說的嗎？」媽媽疑惑地問。

亦菲搖了頭說：「沒有。」

「那妳怎麼知道？誰告訴妳的？發生了什麼事嗎？」媽媽話說得很快，表現得越來越急，使亦菲有點不知所措，讓她有話想說卻不知該如何說起。

為了緩和媽媽和亦菲的情緒，爸爸保持平靜地說：「妳知道姊姊在哪裡嗎？慢慢說給爸爸媽媽聽好不好。」

亦菲稍微整理了思緒後，才將放學時的事一五一十地說給爸爸和媽媽聽。

亦菲自己猜想，姊姊或許是跑回學校拿要送給自己的東西了。

聽完亦菲說的事情後，爸爸和媽媽便趕緊前往學校，也再次提醒亦菲千萬不要隨便跑出去，並吩咐她不要幫別人開門。

一個人在家的時間，亦菲只花了二十分鐘左右就將作業全部做完了，她到客廳打開電視，一方面是可以讓家裡不那麼冷清，一方面是可以隨時注意家門的動靜。

電視播送著卡通節目，亦菲不知什麼時候看著看著就睡著了，等到她再次醒來時，媽媽剛好踏進家門。但與其說剛好，應該說亦菲是被媽媽的開門聲吵醒的。

一見到媽媽，亦菲神智都還沒清醒，就帶著迷濛的眼神問：「姊姊呢？」

「爸爸帶姊姊去醫院了。」媽媽憂慮又無奈地說。

聽媽媽這麼說後，她才發覺回到家中的只有媽媽一個人。

「姊姊怎麼了？」亦菲著急地從沙發跳起，她的眼眶甚至泛出一點光澤。

「不要太緊張，姊姊只是摔到腿了。」

媽媽說，姊姊偷偷跑回學校，她翻越了圍牆闖進校園，一路跑到她們班的教室，因為放學時注意到有一扇氣窗沒有上鎖，所以想從那扇氣窗闖進去，在爬上氣窗並越過窗框後，她卻沒踏穩而失足摔進了教室內，撞到了窗邊的課桌椅，造成右腿輕微骨折。

還好警衛及時趕到，爸爸和媽媽也在接到聯絡後抵達學校，連忙帶著姊姊去醫院急診。聽到媽媽這麼說，亦菲才稍微放心，但她馬上又吵著要去醫院看姊姊。

媽媽在無奈之下，才帶著亦菲搭計程車到醫院。

一到了急診室，亦菲便馬上在人群中找到了亦萱，亦萱正坐在病床上休息，爸爸也在一旁照顧亦萱。亦菲拉著媽媽的手，快步跑向亦萱的病床。

「妳們怎麼跑過來了？」爸爸見狀，驚訝地問著媽媽。

「還不是這孩子吵著要來看姊姊。」

亦萱的右小腿包著石膏，看來是已經處理好傷勢了。原本亦萱的表情還很平淡，但在見到亦菲後便立刻露出笑容。

「會痛嗎？」亦菲看著亦萱腿上的石膏，帶著點心疼的語氣問。

亦萱嘛起嘴，點了點頭。

「妳不是有東西要給妹妹嗎。」爸爸溫柔地對亦萱說。

亦萱一聽爸爸說完，便從病床上的棉被下拿出一只彩色的編織手環，開心地遞到亦菲面前。

媽媽擺出「真是受不了」的表情對爸爸說：「姊姊偷偷跑去學校就為了拿這個啊？」

「是啊。」爸爸微笑地回答，同時摸著亦萱的頭，「還把腿摔到骨折。」

亦菲從亦萱手中接過手環後，迫不及待地將手環載在手腕上，大小剛剛好，看著亦菲開心的模樣，亦萱也不禁跟著微笑。

那是亦萱在美勞課時做的作品，老師說，可以把完成的作品送給自己喜愛的人。課堂結束後，亦萱就等不及放學時間的到來。

因為這件事，亦萱的傷勢足足耗費了一個月才痊癒。

而從那次之後，亦菲就一直戴著那只手環，即使因為成長漸漸不合大小，亦菲還是拜託媽媽找了工藝師傅調整手環的尺寸。

那只手環就這樣跟隨著亦菲一同成長，但送給亦菲手環的姊姊卻因為意外而停留在十三年前。對亦菲來說，那只手環成為了她和姊姊唯一的羈絆。

# 13

「各位，快打開電視！」一名同事踏著慌亂的步伐走進專案小組辦公室。

另一名同事依照指示切換到某台新聞頻道，目前正在報導的是，電視台收到一件詭異的包裹，而包裹的寄件人自稱是開膛手傑克。

其實在新聞播出不久前，局裡就已接到了電視台的報案，部分人力已前往該電視台。

「真是的，怎麼會播出來了呢？」慶明抱怨似地說。

「聽說是電視台那邊堅持要報導的。」德華說。

慶明無奈地搖了頭，並注視著電視。

新聞中報導，今天上午十點左右，電視台收到一份不具寄件人資訊的包裹，包裹中是正方體的卡其色紙盒，盒身與盒蓋間纏緊了膠帶，而在拆開膠帶打開紙盒後，從盒中看到的是堆滿的冰塊和一顆心臟，紙盒內壁也鋪了用來保溫的保麗龍，最後，還在盒蓋內發現一封信件。

簡直和上次的一模一樣嘛。德華暗忖。

新聞畫面是信件的信封，信封正中間是以電腦列印出的「*Saucy Jacky*」字樣，墨水和上次一樣也都是用紅色。

記著在新聞中解釋，Saucy Jacky的意思是「調皮的傑克」。

新聞畫面切換到信件的內容，記者以流利的口吻唸出信中每一個字。其內容如下：

給親愛的警察局長：

搜查進展得還順利嗎？我已經順利解決掉兩個人了喔，她們的心臟也都好心地還給你們了，怎麼樣？是不是對自己的無能感到很可笑呢？上次那名女子連哀嚎的機會都沒有，很厲害吧！

抱歉，我的刀子搗蛋了，它只是想好好饗宴一番。

在信末，同樣以「*Jack the Ripper*」署名。

「這態度還真是狂妄自大啊，局長現在應該已經氣到啞口無言了吧。」德華說。局長克維在稍早前也親自前往電視台。

「不過這次竟然是寄到電視台啊。」慶明的嚴肅中又帶點感慨。

「兇手是真的很想引起社會關注呢，看我們上次沒有將包裹的消息公開，這次直接利用電視台，真是懂得應變。」從德華的口吻，聽不出來是嘲諷還是佩服。

而因為此次的新聞，上一次收到包裹的事件也隨之曝光。

這則報導結束後，新聞立刻轉為直播畫面，克維和幾位高層緊急招開了記者會，對民眾發出聲明。

「請各位民眾不要慌張，目前搜查過程正順利地按照計畫進行，全臺中地區也都已加強警力維安保障民眾的人身安全，日後若有……」

克維的口齒清晰，但說不上流暢，從電視畫面中能明顯注意到克維的額頭冒出兩、三根青筋，心中想必壓抑著不少情緒。

「喂。」一名女性的聲音從德華身後傳了過來。

德華一聽就認出來，那是亦菲的聲音。他回頭面向亦菲，等待亦菲開口。

「關於吳莉安和陳曼妮可能曾經從事性工作的事，在多方面調查後，完全沒有可依循的線索，我想應該是沒有那個可能了。」亦菲慎重地說。

「是嗎，辛苦妳了，下次會議再報告上去吧。」德華泰然地回應。

「嗯，好。」

慶明專心地看完了克維的聲明後，對德華和亦菲說：「我還有其他事要忙，那我就先走了。」

慶明揮了手，踏著從容的步伐離開。德華和亦菲行了禮，目送慶明。

「新聞妳看到了嗎？」德華問了亦菲。

「看了，剛剛在處理事情時一邊用手機看的。」

「怎麼樣？妳對於信件的內容或克維的聲明有什麼想法？」

突然被這麼問的亦菲，直接將她看到新聞當下的反應說給德華聽。

「嗯……這信的內文感覺的確有一點梁正淵那種高傲態度的影子，但是該怎麼說呢，又感覺太過俏皮了。」

「妳也是這麼覺得吧，那句『很厲害吧』怎麼想都跟梁正淵搭不太上。」

「還是說梁正淵是故意這麼做的？故意將與自己不同的性格投射在犯罪行為上，為了脫罪，這種例子應該也曾經有過。」

「裝瘋賣傻是嗎，還真是有趣。」德華忍不住笑。但這並不是在取笑亦菲。

這時，他們接到通知，說克維局長回來後，要親自對梁正淵進行偵訊。

不知怎麼地，德華突然感到興致高昂，卻又有一絲不安從心中湧出。

克維在三十分鐘後回到局裡，這時的偵訊觀察室早已聚集了一票刑警，等著看克維和正淵當面對峙。

想必當正淵看到克維時，他那股傲慢的氣息也會被克維的威嚴給鎮壓住。大多數人都是這麼想的，正興致勃勃地討論著。

半晌，偵訊室傳出動靜，在場所有刑警的目光全部集中。

克維走入偵訊室內，身為警察局長的氣勢在傾刻間感染了周遭，那股浩然之氣能滲透任何一個人的毛細孔，讓人不敢多發一語。克維挺直背脊，那如此認真嚴謹的表情完全不見先前的一點焦躁慌亂，他鎮定地於正淵對面坐下。偵訊觀察室內熱烈的討論聲瞬間只剩下窸窣的氣音。

正淵瞪著克維，但立刻輕嘆了聲氣並瞥開視線。

「你叫什麼名字？」克維正氣凜然地問。

「問這幹什麼？」正淵感到莫名，不悅地回應。

「你叫什麼名字？」克維加重語氣，重複問了一次。

正淵不知是屈服還是無奈，終究老實地回答道：「梁正淵。」

「你知道自己現在為什麼會在這裡嗎？」

正淵望著斜前方的牆壁，沉默了半晌後說：「因為你們抓錯人了。」

轟雷貫耳般的巨響傳來，餘音又在室內迴盪了數秒。

克維將手離開桌面，重新放回膝上。

正淵直視克維，但未吐出半句話。

「你這麼不願意好好回答，是不是想一直被拘留下去。」

「搞什麼啊！我上次不就說過了嗎，我是在看到吳莉安傳了位置訊息後才過去的，就是那時候因為看到那種景象太緊張而下意識抓了頭髮，才會讓頭髮掉在那的，你們想只憑這點就判我罪嗎？那我也是真的醉了啦。」

「太緊張抓了頭髮？」

「怎樣？」

「你上次的供述中，好像沒有這麼說吧，怎麼突然冒出這種說法了？」克維像是抓到了正淵的把柄，語氣逼人。

「這種小細節有必要說嗎，你自己想想好不好！」正淵邊說，邊無奈地嘆著氣。

「我們的工作就是必須注意到細節，尤其是刑案。」

正淵在克維面前完全站不住腳，明明克維說話的速度不快，聲音也不大，但卻有咄咄逼人的感覺，不斷將壓力往正淵身上施加。

「那就只是上次忘記說而已嘛，我現在說了總行了吧。」

「好，那你在這之前在哪裡做了什麼？」

「這我之前不是也說過了嗎，我在家裡啊。」

「在家做什麼？」克維在正淵闔上嘴唇厚立刻接話，不留一點喘息的空間。

正淵遲疑了一會兒後才說：「搞工作的事。」

「那陳曼妮遇害那天呢，當時你又在做什麼？」

「我沒在做什麼。」正淵說話的聲音漸大，看似有點按耐不住情緒，但卻又不敢在克維面前太過放肆，「反正我就是不在現場，人也不是我殺的，沒什麼多餘的好講。」

「你若無法提出明確的不在場證明，那我們是無法為你洗清嫌疑的，換句話說，你還是有在場的可能性。」克維的氣勢凌人，「要不要把話好好說清楚，這點你自己決定。」

「你們真的是……」正淵做出誇張的肢體動作，又不停調整坐姿，情緒難以安定。

「你要繼續以這種方式接受詢問也沒有關係。」比起正淵，克維的態度十分沈穩，「如果對剛才的問題沒有要補充的話，我就接著問下去了。」

偵訊持續進行，克維始終保持嚴肅的態度，但正淵則是能迴避問題就迴避，幾乎沒說出利於案情進展的事，也不提出自己的不在場證明。

此時偵訊觀察室內衍生了兩派說法，一派是認為正淵就是兇手，他含糊其辭又不正面回應問題，一定是想掩飾什麼事情避免警方找到關鍵證據，以隱藏自己的罪行；而另一派認為正淵並不是兇手，他寧願被居留到不知何時，也堅持不認罪，為的就是不願吃下冤罪，等待警方找出真正的兇手並還他清白。

偵訊觀察室內的討論聲又漸漸熱烈，當然，是以低語討論。

在這同時，寄至電視台的包裹也已被帶回局裡，正送往鑑識組進行鑑識，而偵查組的部分人員也已開始搜查包裹的來源，各方面的工作正如火如荼地進行著。

# 14

周圍點綴的燈光絢麗，伴隨著蛙鳴及蟲鳴，使人既置身於人工打造的現代都市環境，又能感受到大自然的聲息。

亦菲和德華在被稱為臺中「都市之肺」的秋紅谷公園中漫步，原本德華約了亦菲下班後共進晚餐，但下班時已過了九點，大部分的餐廳都即將結束營業，他們只好在警察局周遭徘徊，而在無法找到滿意的用餐地點的情況下，便暫且到這裡散步。

雖然他們經常經過這裡，但卻沒進來過幾次。亦菲和德華並肩而行，兩人配合著對方的步伐。

亦菲以指尖按了自己的後頸。最近不知為何，總覺比平常更容易疲累。

「妳覺得怎麼樣？今天的偵訊。」德華問。

「局長的偵訊嗎，很精彩啊。」亦菲邊走邊望著四周的景色。她雖然這麼說，也是真心覺得精彩，但她依然不怎麼喜歡克維。

「不是啦。」德華淺淺地笑，「我是指梁正淵的供述方面。」

亦菲不好意思地笑了出來，接著說：「啊，抱歉，我會錯意了。你是要我說我覺得他怎麼樣嗎？」

「差不多是這個意思。」

亦菲思考了半晌才又開口說道：「我目前覺得『傑克』就是他啦，既然現場都採集到他的毛髮了，應該能說是很有力的證據吧，而且不難看出他試圖在隱瞞某些事。」

第二起案件現場採集到的毛髮已經在今天下午完成化驗，除了沒有梁正淵的毛髮外，多種毛髮的DNA也都未紀錄於犯罪資料庫，無從辨識毛髮主人的身分。

「所以妳不相信他說的嘍，收到訊息後才到現場，然後不小心掉了頭髮。」

「那些都只是推託之詞吧，應該是收到訊息後到了現場，然後殺害吳莉安。況且如果他真的不是傑克的話，應該會想盡辦法說服我們讓自己脫罪吧，但他在這方面卻表現得很消極。」

「沒錯，我一開始的確也是這麼覺得。」

他們走到了公園中間，接著沿著大型水池繼續漫步，或許是心理作用，在水池邊感覺涼了許多。

「一開始？」亦菲有些疑惑地看向德華。

「嗯，仔細思考過幾點後，我並不認為梁正淵在說謊。」德華自信地說。

亦菲盯著德華，帶著訝異的眼神問：「所以你覺得傑克不是他囉？」

「目前是這樣沒錯，我先想到的是，關於傑克想吸引社會關注這件事。妳想想，到目前為止，我們一直認為梁正淵要殺害吳莉安和陳曼妮的理由，是建立在他們的感情因素上，對吧。」

「嗯。」亦菲輕輕地點了頭，表情若有所思。

「既然梁正淵只是因為感情問題想要殺害她們，有必要這麼大費周章搞出這些風波嗎，既挖了人家的心臟，又把心臟寄到警局和電視台，向社會宣揚他犯下的案件，這些怎麼看都是沒必要的吧。」

雖然亦菲有點認同德華的說法，但她還是以半開玩笑的語氣說：「搞不好他就是那種瘋子啊。」

「妳覺得他像是那種瘋子嗎？」

「誰知道呢。」亦菲聳了肩，帶著點孩子氣任性地說。

「那麼，暗號呢？該怎麼解釋，如果依上次推斷是倒數的話，那應該還有一個人，他還會想要殺誰？」

「應該也是前女友之類的吧，雖然他上次只說了莉安和曼妮的那段往事，但或許在那之前也有其他交往不順的對象，所以就藉這次機會一次算清。」

聽了亦菲這麼說，德華也不得不否認這話其中有些道理，但他還是無法釋懷扮演傑克並將罪刑昭告天下這點。

「好吧，或許真的有這種可能性。但妳還記得我給他看暗號的照片時，他是什麼樣的反應嗎？」

亦菲蹙著眉頭回憶，他們走上了水池上的步道。

「是有點……該說是驚訝嗎？」

「在我看來，應該是害怕。」

「嗯，這麼說的話，好像真的是有一點害怕的感覺。」亦菲回想起當時梁正淵的表情。

「那問題就來了，既然人是他殺的，暗號是他留下的，為什麼他看到暗號的照片時會擺出那種表情？我想如果梁正淵在偵訊時的供述全是事實的話，那就可以說明這些了。」

「怎麼說？」

「他看到照片時，想起當天現場的慘狀，於是那天驚恐的情緒又從他心頭浮現出來，才會有像是被嚇到而感到害怕的感覺。我是這麼想的啦。」

「也就是說，既然他都能狠心殺人了，就應該也不會怕那種用血畫的暗號才對。」亦菲整理了德華的想法。

「就是這個意思。」

亦菲還是心存懷疑，畢竟這說法的說服力似乎有些不足。

接著，德華的眼神突然銳利了起來，他加重了語氣說道：「再來，最關鍵的一點就是，若梁正淵的供述屬實，那麼傑克要讓屍體能在短時間內被發現的手法就破解了，而且非常簡單直接。」

亦菲腦路突然暢通似地，雙眸也隨之亮了起來。

「難道是……」

德華點了下頭。

「梁正淵收到的位置訊息，是真正的傑克發出去的。」德華特別強調了「真正的」這幾個字。

亦菲一陣思考後說：「你是想說，傑克將吳莉安殺害後，為了讓梁正淵發現吳莉安的屍體，才用吳莉安的手機傳位置訊息給梁正淵嗎？」

「就是這麼回事，但傑克卻沒想到梁正淵在發現屍體後什麼都沒做，反而還替傑克成了代罪羔羊。」

「不會吧……」亦菲感到不敢置信，卻找不出這個推理的漏洞。

「但大前提還是梁正淵的供述屬實啦。」德華補充。

「那傑克怎麼會選擇傳給梁正淵，而不是傳給其他人？」亦菲這麼問著，其實自己也理出答案了，但她還是把話給說完。

「因為傑克看到了梁正淵問吳莉安在哪裡的訊息吧，剛好有這個機會可以利用。」

德華的回答和亦菲的想法一致。

亦菲似乎有點被德華說服，對於自己的立場開始有些動搖。

難道傑克真的另有其人？亦菲心想。

他們在水池中央停下腳步，倚靠著步道的圍欄，望向遠方光彩奪目的大樓。

「對了，妳昨天告訴我吳莉安的網拍網站，我已經看過了。」德華從褲子的口袋中拿出手機。

「怎麼樣？」

德華將手機畫面轉向亦菲，那是莉安的網拍網站中的其中一項商品，合金雕花戒指。

「對這個東西有印象嗎？」

亦菲看著這只雕花戒指的商品照，驚訝地說：「這不是吳莉安遺物中的那個戒指嗎，她遇害時這個還放在她包包的，可是為什麼……我記得這個東西沒有刊登在她的網拍上啊。」

「這是已經刪除的資料，我只想看看吳莉安生前都賣出過什麼東西而已，就偷偷拜託了科技犯罪偵查隊的人幫我查的，聽說費了一番工夫，還聯絡了網拍的總公司，幸好這間公司是臺灣的，規模也不大。」

什麼時候查出這些的啊？還在這麼短的時間內。亦菲吞回了這些原本想說的話，取而代之問：「刪除的資料？是指這個戒指已經賣出了嗎？」

「對，既然已經賣出了，卻在吳莉安遇害當天還留在她身上，妳覺得這代表什麼？已經證實過她遺物中的戒指和這個商品是同一件了。」

「我記得這個戒指有夜光效果吧，在雕花的縫隙中有夜光塗料。」

一種想法在亦菲腦中浮現，但她自己也為這個想法感到震驚，她看了德華，德華也以眼神回應了亦菲。

亦菲接著說下去。

「傑克偽裝成這個戒指的買家，並以確認夜光效果當作藉口，和吳莉安約在沒什麼燈光的地點面交……」

「然後趁這個機會下手。」德華接下亦菲的話，「這就是為什麼吳莉安會出現在那種地方，是傑克以此手法將她引誘到那裡的。」

「這麼說，傑克是真的另有其人了……」亦菲的神情有點凝重。

「我早就說啦，我一直都是這麼覺得的。」德華相較之下表現得泰然。

由於短時間的交談中接受如此龐大的訊息，亦菲還來不及轉換心情接受這些推理，但這些推理的確完美地將各個疑點串連起來，使亦菲也不得不相信這嶄新的突破。

「剩下的就是想辦法證實了，該怎麼做好呢？」德華喃喃自語。他轉身重新以手肘靠向圍欄。

「果然還是需要梁正淵的不在場證明吧。」亦菲也依循德華的動作，轉身面向另一方。

「算了，明天再想好了，都已經下班了。」德華笑道。

「是的，福爾摩斯先生。」亦菲看向身旁的德華，帶著調侃的語氣並微笑地說。

「什麼？」德華苦笑了一聲。仔細想想，亦菲好像很少像這樣挖苦他。

「抓住開膛手傑克不就是福爾摩斯的使命嗎，難道你要說你辦不到？」雖然亦菲這麼說，但她心裡還是相當佩服德華的工作能力，也打從心底相信他。

「我沒說我辦不到啊，只是妳竟然會把我比喻成福爾摩斯。」

「不行嗎？」

德華嘆了聲氣，卻也帶著一抹淺笑。

「當然不行啊，我們刑警的性質和偵探可是不一樣的，而且……」

見德華遲遲不把話說完，亦菲忍不住問。

「而且什麼？」

「要是我是偵探的話，我想找回妳的心。」德華以調皮的笑容說，並刻意壓低了音量。

但還是被亦菲聽得一清二楚。或許也是故意要讓亦菲聽到的。

「少來了啦！」亦菲別開視線，將德華置於視線範圍外。分手至今也過了將近半年，她沒想到自己竟然還會對此感到羞澀，而且是這種土到不行的語句和方式。

當亦菲望向正下方的水面時，眼前的倒影中清楚地映出自己和德華的面容。

# 15

翌日午後，一名中年男子主動至警局投案，他聲稱自己就是寄出第一件包裹的寄件人。男子理著平頭，身材稍微削瘦。

還沒詳細說出自己的身分，光憑這點就使現場的員警以銳利的眼神盯著他。

男子被帶至警局中的某間小辦公室，辦公室內有簡易的沙發和茶几，與其說是辦公室，還比較像是茶水間。男子只被詢問了個人基本資料後，就被獨自留在此室內。

沒過多久，慶明走了進來並在男子對面坐下。

「楊瀚穎先生，有傷害前科，是吧。在七年前與人發生爭執毆打了對方。」

男子愁著眉，只點了一下頭。
而慶明請瀚穎詳細說明狀況，瀚穎才娓娓道來。
「其實，我一直不打算將這件事情說出來的，但後來看到新聞，發覺這件事一天比一天嚴重，認為不說出來不行。」瀚穎又另外強調，「我只做了寄包裹這件事，而且只有寄到警局的那一件，其他的事我一概不知情。」
「能請你解釋一下整件事的過程嗎？」
「在第一起案件發生前幾天，我在家裡的信箱中收到一封信，沒有寄件人，文字也全都是電腦印刷字體，內容是寫說，要我在九月一日清晨，到霧峰區某間科技大學的後山找到一個盒子，假造寄件人資料將它寄到警察局，這過程中，我也被要求戴上帽子和口罩，盡量避人耳目。」瀚穎說著，不由地顯得愧疚。
「那間學校的後山那麼大，你怎麼找到那個盒子？」
「信中是有用地圖標記詳細的位置。」
慶明振筆記錄下瀚穎的口供，並問了下一個問題：「包裹要寄到警局？也是照對方的要求寫嗎？」
「是的，整個過程全部都是照對方要求做的。」
「你有把那封信帶來嗎？讓我——」
慶明的話被瀚穎打斷，而瀚穎接續著說。
「啊，那封信也照對方的要求在事後燒掉了，實在非常抱歉。」瀚穎把手放在雙膝上，身體向前傾並低下了頭。
好不容易能有新的線索卻無證物參考，慶明對此感到可惜，但現在苦惱也無濟於事。

「把頭抬起來吧。」慶明溫和地說。

待瀚穎抬起頭，慶明則繼續詢問。

「你告訴我，你為什麼非得照對方的要求做事？另外，你剛剛說一直不打算將這件事說出來的原因是什麼？難不成是被威脅了？」

「對，信中還收到了我兒子的照片，若是我不照做，我很擔心我兒子會有什麼危險，對方也有提出警告，所以我……」瀚穎說著便哽咽了起來，不甘心和憤慨也在他神情中完全表現出來。

「沒關係，你慢慢說。」慶明以手勢示意瀚穎先喝一口桌上的茶。

但瀚穎沒有碰一下茶杯，又接續著說：「而且對方不許我報警，但是看這件事鬧得這麼大，我實在是……」

聽了這些，慶明不由地對眼前這名有前科的男人感到敬佩，他想必是鼓起了相當大的勇氣才來向警方吐露實情的。

瀚穎又接著表示，他好不容易有了安穩的生活，雖然過得並不優渥，但在有了家庭和工作後，他早已決定改過自新，而如今又遇上這樣的事情，他不禁對自己的人生感到失望。且他更害怕的是，會因為此事又吃下一條罪。

「你先不用想得那麼嚴重，目前還無法確定你的行為是否構成犯罪。」

這時，從外面傳來了敲門聲，慶明喊了聲：「進來。」

打開門的是德華，亦菲也在德華身後。

「喔，你們回來了啊。」慶明問候道。

「是，剛剛向宅配公司確認過了，第二件包裹的受理時間的確是在梁正淵被拘提前，寄件人的資料經查證後也都是造假的。」德華邊說，邊和亦菲走入室內並闔上了門。

這次受理包裹的宅配公司，和上次是不同一家，而從這點也能看出兇手的心思細膩。

「在你們出去時有新的進展，將包裹寄出的不是梁正淵本人，而是威脅其他無關人士協助他犯案。」

慶明會這麼說是因為，他至今仍確信正淵就是傑克。而德華也尚未將他的推理告訴慶明。雖然覺得抱歉，但寄件人不是正淵這件事，德華早已有心理準備了，所以他在聽到慶明這些話時並沒太大的反應。他唯一想了解的是傑克利用他人寄送包裹這點。

他就是被傑克威脅的人嗎？

看到坐在慶明對面的中年男子時，德華暗忖。

「詳細的經過我待會再和你們說，你們先去忙吧。」慶明對德華和亦菲說。言下之意就是請他們先離開。

「是。」德華和亦菲一同回應。

亦菲和德華離開後，在前往專案小組辦公室的途中討論了起來。

「傑克不是親自將包裹寄出，這點也令人出乎意料啊。」亦菲說。

「嗯，的確。但我們也已經知道傑克的心思有多細膩，所以其實也不用太驚訝。」德華雖說得泰然，但能感受到他心中已產生些壓力。

再走幾步路就到辦公室了，但亦菲突然說想買咖啡喝，於是讓德華先回去。

「那我也一起去吧。」德華停下了腳步說。

「沒關係啦，你不用特意陪我去。」亦菲不好意思地說。

「誰說我是要陪妳了，只是被妳這麼一提我也想喝飲料罷了。」德華擺出傲氣的表情，彷彿在說「少自作多情了」。

「好啦好啦，隨便你。」亦菲說完便逕自邁起步伐，踏往警局大門的方向。

聽到亦菲這麼回答，德華也收起表情又露出一抹淺笑，跟在亦菲身後。

他們沒有到飲料專賣店，而是選擇較省時的便利商店，亦菲向櫃檯點了美式咖啡，德華則是在冰櫃拿了瓶烏龍茶。

結完帳走出便利商店後，德華直接在店外轉開瓶蓋，喝了一口烏龍茶。

看到亦菲手上的冰咖啡，德華又忍不住問：「妳還喝冰的啊，不怕頭痛變嚴重嗎？」

「沒事啦。」亦菲淡定地回應。

才從便利商店走出沒幾步，他們就被一名女子從身後叫住。

「不好意思……」女子羞澀地說，聲音也不大。她留著一頭長髮，髮尾燙了波浪捲，五官清晰，妝上得不重，目測年約三十歲左右。

德華和亦菲互看了一眼，最後由亦菲開口回應：「有什麼事嗎？」

「請問你們是警察嗎？」女子緊接著補充，「我剛剛看到你們從警局走出來，所以我才想說或許可以找你們。」

對方會這麼確認，是因為他們沒有穿著制服。

不是從警局走出來的就一定是警察啊。德華暗忖。

「是要報案嗎？」亦菲問。

女子說話吱唔，起初一直無法完整表達自己的想法，在亦菲耐心了解後，才終於明白了女子的目的。

這位女子是正淵的前女友，因為擔心成為下一位受害者，於是想尋求警方的幫助。

德華忍不住在心中驚嘆，今天案件相關人竟然都一一找上門，真是省了一大功夫。

亦菲和德華將女子帶回局裡，並將她安置在另一間茶水間。

該名女子叫做曾怡潔，三十一歲。

亦菲和德華在不久後回到茶水間，並於怡潔對面坐下，負責這次的詢問。

「我和他是在兩年前左右交往的，然後在大約一年前分手。」怡潔先如此表示，「他」指的即是正淵。

「分手的原因呢？」亦菲問。她同時猜測，分手的狀況應該不是屬於和平分手。

「我們是在雙方都達成共識的狀況下分手的，單純是覺得時間久了後就沒有當初的熱情罷了。」怡潔平靜地說道。

亦菲的猜測立刻被打破。

「都沒有發生什麼爭執嗎？」亦菲帶著些許疑惑。

只見怡潔堅定地搖著頭說：「沒有。」

怡潔的回答出乎了亦菲和德華的預料，他們疑惑地望著對方。

既然彼此沒有產生仇恨，為何還要擔心會成為下一個目標？

德華將這個問題問了怡潔，而怡潔的回答使德華和亦菲都瞪大了雙眼，擺出訝異的表情。

怡潔說：「因為我覺得兇手不是他。」

亦菲和德華同時提出下一個提問，德華的聲音略大了一些。

「為什麼？」

「我覺得梁正淵他不會是那麼小心眼的人，以我對他的了解，他不會是那種愛不到人家就將人家殺害的人。」怡潔語氣堅定，眼神中透露著不容反駁的態度。

雖然德華和亦菲也抱有正淵不是兇手的想法，但這種說法在身為刑警的他們面前並不具任何說服力，當他們想要向怡潔解釋時，怡潔又慎重地補充道。

「而且他怕血。」

剛聽到時，德華以為自己聽錯，又重新向怡潔確認一次，結果證實他沒有聽錯，接著伴隨著驚訝，渾身血液熱了起來。

這點完全沒聽任何人提起過。德華面向亦菲，以眼神示意，而亦菲也是一副第一次聽到的模樣。

所以梁正淵在看到暗號照片時的反應是這個原因嗎？德華暗忖。

「妳真的確定嗎？」亦菲再度謹慎地向怡潔確認。

「嗯，我很確定。因為他從來不會吃沒有全熟的肉類，而且我們有一次去山上玩時，他的手臂不小心被樹枝刺到，流了很多血，他連看都不敢看，全程都是我幫他包紮好的，甚至之後換藥也都是叫我替他換的。」

「在那之前，妳都不知道他怕血這件事嗎？」亦菲又問。

「嗯，他沒有主動跟我說過這件事。」

「不過確實，對於怕血這種事並沒有什麼好主動提的，而且身為男人，要承認自己怕血也挺不好意思的。」同樣身為男人，德華提出他的看法。

「這麼說……」亦菲輪流看向德華和怡潔。

「我不知道真正的兇手是不是以曾經和他有過感情的人為目標，所以我才會感到極度不安，猶豫了幾天，才決定來找警察。」怡潔說著，眼神中散發出對死亡的恐懼。

「我知道了，我們會向小組報告，並設法確保您的人身安全。」德華慎重地說，同時在心中燃起一股烈火。

案情如德華所預想，即將出現具體的大逆轉。

而在這同時，也代表著搜查將重新開始，但並不代表先前的搜查都前功盡棄，只是從另一個未知的角度再度出發。

# 16

當天晚上，正淵也主動提出了自己的不在場證明，原因是受不了長期被拘留在警察局。

八月三十一日，也就是莉安遇害的當天，在晚上七點零三分收到莉安的位置訊息前，正淵都待在自家中處理「工作」事務，但此並非夜店營運事務，而是正淵以個人名義於網路平台販售電子菸及周邊產品的個人生意。

在收到莉安的訊息後，他將預備寄給買家的電子菸一併帶了出門，先是到附近的便利商店，處理完寄件手續後才前往莉安的遇害現場。而在處理寄件手續前，又接到了其他買家的聯絡，因商品問題溝通了一大段時間，據正淵供述，完成寄件離開便利商店時是七點五十左右，若再加上車程及行兇時間，便已遠遠超出了估計死亡時間的七點左右。

九月八日，曼妮遇害當天，正淵同樣在進行電子菸的交易，與八月三十一日晚上那次不同的是，這天是以面交進行，因為對象是長期的熟客。他們當天於凌晨兩點見面，完成交易後便至酒吧飲酒聊天，凌晨四點後，又一起開著車兜風直到清晨六點，接著直接返往住處。

而正淵遲遲不肯提出不在場證明，便是因為想隱瞞販售電子菸的行徑。依照《菸害防制法》，在臺灣販售電子菸屬於違法行為。

原本他抱持著拖延時間，警方自然會找到真正的兇手的想法，但沒想到情況只是不停地被逼著認罪，與他所想的完全相反，甚至有某幾位高層使用惡劣手段逼迫他認罪。

隔天，專案小組集中火力查訪正淵曾去過的便利商店、酒吧，也找到了那位常與正淵進行交易的熟客，經過一連串的查證，又反覆確認後，使正淵提出的不在場證明獲得證實。

而讓正淵接受對於血的反應測試時，也確定了他怕血的說法。

在雙重證據成立的同時，堅信正淵就是兇手的那一派都顯得錯愕，也對自己錯誤的判斷感到羞愧。而更多人看重的是，案情如此逆轉性的發展，免不了亂了警方陣腳，必需趕緊重新擬定偵查方向。

另外，算是案外案的正淵販售電子菸案件也已讓其他部門接手。因為目前未檢驗出正淵販售的電子菸中含有尼古丁的成分，刑責可能僅有五萬元以下罰鍰。

此消息也迅速傳至各大家媒體，又以聳動的標題吸引閱聽眾目光，民眾紛紛接收到正淵不是兇手的消息後，此案的討論度又急遽攀升。

克維急忙招開記者會，向民眾致歉並發出呼籲，從影像中能清楚看到他憔悴的模樣。

正淵被證實了不是兇手，也就是說，真正的兇手依然穿梭在大街小巷及人群之中，這股未知的恐懼在臺中市蔓延開來，甚至鄰近的苗栗、彰化及南投都陷入一陣恐慌之中。

近日街坊上，幾乎看不到單獨行動的女性及孩童。

在怡潔的周遭，也部署了警力監視，確保她的人身安全以及搜查她身邊可能與案情有關的線索。

科技偵查隊那邊也觀察到了有趣的現象，先前曾在網路平台上謾罵正淵的留言紛紛被刪除，短短幾天內就減少了三分之二。

這幾天，亦菲和德華都在針對怡潔進行調查，怡潔與正淵的關係就只是非常單純的前任交往對象而已，她也不認識莉安和曼妮這兩位受害者。

成為下一位受害者的可能性，也就只有曾和正淵交往過這點。

接著，他們又往正淵身邊的人調查，試圖找出與正淵發生過不愉快的人物。意料之中，人數並不少，但並沒有具備殺害莉安和曼妮的動機的人物。

「這樣是不是有點奇怪啊？」亦菲駕駛著偵防車行駛在快速道路上，問了坐在副駕駛座上的德華。

「什麼奇怪？」德華側過臉，望向亦菲。

「我們要找的不是應該是吳莉安和陳曼妮共同結仇過的人才對嗎，為什麼現在的方向跑到梁正淵身上啊？」

「這也沒辦法，自從梁正淵獲得不在場證明後，案情一直沒有明顯的進展，上頭也沒有明確的指示，更何況我們目前沒有新的想法。」

不只是亦菲和德華，現在整個專案小組都像是無頭蒼蠅，案情陷入膠著，而這種狀態也不知道會持續到什麼時候。

克維則是因為疲勞和壓力累積，得了重感冒。

「但這樣做真的對進展有幫助嗎？」亦菲抱著懷疑說。
「我也不能保證。」德華說完，便嘆了聲氣。
「必須快點找到正確的方向才行，不然人民都會一直活在不安之中的。」亦菲說，同時打了方向燈準備切換到外線超越前方的砂石車。
「是啊。」
德華說完後，車內沉默了半晌，亦菲專心地駕駛，德華也沒再開口說話。
又過了一會兒，德華打開了車內的音樂播放系統，連接了自己的手機播放了古典樂曲，那是奧地利作曲家阿爾班・貝爾格（Alban Berg）的歌劇作品《露露》（Lulu）。
亦菲在音樂響起後馬上開口說：「可以換一首嗎？」
「怎麼了嗎？」德華問。
「沒有，只是我不喜歡在工作的時候聽古典樂。」
原本亦菲想補充說，她其實很喜歡古典樂曲。但想一想還是算了。
德華遵照著亦菲的想法，換了一首流行樂曲。
像這樣一邊開車一邊聽音樂，也讓亦菲想起和德華交往時的種種。
亦菲和德華大約在半年前分手，在那之前，兩人交往了將近一年左右。交往的過程中，一直都是德華在扮演取悅對方的角色，反倒是亦菲很少為德華付出過什麼。但這並不代表德華是一廂情願，他身上還是有許多特質是亦菲相當欣賞的。
「我們還是暫時分開好了。」當初亦菲是這麼對德華說的。
德華沒有多問，他不想束縛住對方，因此沒有多做挽留，他自己也知道亦菲的生活重心並不在男女感情上，甚至早已料到亦菲提出分手只是時間早晚的問題。

雖然如此，德華至今還是對亦菲留有一絲感情。

坐在副駕駛座的德華猛然問道：「妳以後有結婚的打算嗎？」

被這麼問時，亦菲再度意識到自己已經是到了適婚年齡的女性了。

「目前也不確定。」亦菲如此回答。

# 17

已經到了九月中旬，氣溫幾乎沒有要下降的趨勢，反而還逐日升高，完全感受不到一點秋天的氣息。不知是否為天氣影響，整個專案小的氛圍如同低氣壓一般，士氣萎靡。距離證實正淵的不在場證明又過了幾天，雖然也開了不少次偵查會議，但盡是形式上的程序而已，並無實質作用。

然而亦菲並不這麼認為。

會議的報告中，有一項調查結果在大家眼中或許只是無關緊要的雞毛小事，但對亦菲來說，卻是重重地捶了她的心頭。

曼妮大學時期是借住於親戚家中，那是位於中區的舊型日式公寓。

與亦菲生長的舊家是同一棟公寓。

一直藏在亦菲心中的疑惑終於得到了解答，為何她在看到曼妮生前的照片時會覺得眼熟，原因就是她們曾是同一棟公寓的鄰居，雖然因為年齡增長改變了不少外貌，但論特徵及五官便能分辨出是同一個人。

曼妮當時住在五樓，而亦菲的舊家則是三樓。

至於那棟公寓，現在已經沒有人住在裡面了，自從發生那起事件後，所有住戶都逐一搬出。而因產權因素，至今仍未被拆除。

那起事件，是一樁一連奪去了四人性命的慘案。亦菲的姊姊亦萱也是於那起事件喪失性命。

那段噩夢般的恐怖記憶又在亦菲腦中浮現……

那是正式升上高一前的暑期輔導期間。十三年前，亦菲順利考進了亦萱就讀的高中，亦萱則是即將升上高三。

姊妹放學後一同回家的時光又因此開始。但因為亦菲的課程在中午就結束了，為了等待下午才放學的亦萱，她通常會到學校的圖書館打發時間。

某日，亦菲一如往常地在圖書館內看書，眼看即將到了亦萱的放學時間，她便提前至校門口等待亦萱。

鐘響沒多久後，便見到亦萱和幾位同學有說有笑地從校園內走來。

姊妹倆會面後，亦萱便向同學們道別，並與亦菲踏上了回家的路途，她們必須搭一段約十五分鐘車程的公車。

在回到家前，亦菲提議到附近的刨冰店吃點東西，因為實在太熱了。她們邊吃邊聊，聊著學校的生活瑣事、哪個老師不討人喜歡、學校附近哪間店的甜點好吃，以及一些關於男生或偶像團體的話題，一不注意時間天色就已經暗下來了。

她們的父母近日因工作繁忙，這幾天通常都八點後才到家。她們暗自慶幸，不會因為太晚到家而挨罵。

亦菲和亦萱離開了刨冰店，步行五分鐘左右便到了她們住的公寓樓下，她們叫了電梯，在進入電梯後按下了三樓的按鈕。

到了三樓，電梯門打開後是筆直的走廊，她們的家是第三戶。

在家門前，亦萱翻著書包找家門的鑰匙。突然，開門聲響響傳入她們耳中，亦菲以眼角餘光注意到第五戶那邊有人走了出來，亦萱則是不以為意，專心地找著鑰匙。

「奇怪，難道我不小心忘在學校了嗎？」亦萱呢喃著。

亦菲察覺到一股不對勁的氣息，她自然反應地往第五戶的方向望去，起初以為是光線太暗而看錯，但凝神注視後，從第五戶中走出來的的確是一名全身染血的女性，她拖著緩慢的步伐，身體也重心不穩地隨之搖擺。

亦菲知道那名女性，她是住在那一戶的年輕媽媽。

亦菲對眼前的景象感到倉皇，正當她想要叫亦萱時，一名男子又從同一戶中走了出來，同樣拖著緩慢的步伐。

男子的白色汗衫上也帶著大面積的血漬。他是那一戶的爸爸。

令人感到驚愕的是，他手上握著已被染紅的西瓜刀。

很快地，女性在腳步踉蹌後隨即摔倒在走廊圍牆邊，表情痛苦地掙扎著，但沒發出一點呻吟。

亦萱因女性摔倒的聲響才注意到了眼前的情形，她先是看向了倒臥在圍牆邊的女性，又注意到手握西瓜的男子。

此時，亦萱不小心與男子四目相對，被那如同野獸般，卻又毫無生命氣息的眼神狠狠地瞪著。

那眼神如同巫術，亦萱全身僵硬，想要移動腳步卻無法如願，渾身血液也彷彿蒸發，麻痹了她所有感官。

亦菲緊抓住亦萱的手腕，同時望著漸漸走向她們的那名男子，她想大聲呼救，卻發不出任何聲音，而這層樓也沒有其他住戶。

眼見男子一步步接近，亦菲卻拉不動僵直的亦萱。

男子穿過照映在走廊上的月光，恐怖的面容清楚地浮現在她們眼前，距離愈是接近，愈是能清晰地聽到他那孤狼般的低鳴。

亦菲使勁想拉動亦萱，但亦萱只擺著驚恐的面容，一動也不動。

最後，恐懼感致使亦菲放開亦萱的手腕，她轉身衝向電梯，按下了下樓的按鍵，不巧地，電梯現在停留在五樓。

亦菲回頭望了亦萱，她依然站在原地。亦菲體內的血液迅速竄流，全身劇烈地顫抖著。

她看了一眼自己右手腕上的手環後，又踏出腳步，跑向亦萱的方向。

還沒到亦萱身邊，亦菲便見到亦萱終於挪動腳步。亦菲停了下來，直盯著亦萱和男子。

快點過來！快點過來！亦菲在心中吶喊著。

男子慢慢逼近，亦菲想過去拉住亦萱，卻又不敢再靠近一步。內心萬分掙扎。

男子距離亦萱只剩下一隻手臂的距離，亦菲直瞪著眼前的景象，周圍的任何聲響不再傳入亦菲耳中，取而代之的是強烈的耳鳴。

男子舉起西瓜刀，亦菲的視線跟隨著西瓜刀移動。

不……不要……。亦菲抖動著雙唇，僅發出微弱的喘息。

淚水急速分泌，完全模糊了亦菲的視線，下一秒，眼前只剩下黑色、白色和紅色的色塊。

之後的事亦菲完全不記得了，等她再有記憶時，人已經在大街上嚎啕大哭，天上看不到半顆星星。

據之後的報導，那名殺害了亦萱的男子原本一直是過著普通的生活，有一名妻子及剛上小學的兒子，但因為社會經濟危機，他所在職的公司為了縮減人力，不得已將他裁員。被裁員之後，他遲遲無法找到新的工作，於是走向了賭博這條不歸路，並不幸欠下龐大債務。走投無路的他，成天喝得爛醉，面對著來自各方的壓力，妻子也提出了離婚的要求。

那一天，妻子從安親班接了兒子回家後，又和他大吵一架，而他在情緒失控之下，先拿西瓜刀殺害了兒子，又狠心砍了妻子好幾刀。

已經沒有神智的他，又對剛好放回家的鄰居女學生痛下殺手，往她的胸口重重地砍下一刀，接著，連來查看狀況的五樓上班族住戶也不放過，就這樣一連奪去了四人的性命。

犯案後，男子開著車不斷逃竄，警方派出無數人力追捕，一路追向港邊，原本警方打算將男子逼至港口使他無路可逃，沒想到男子就這樣衝向海面，連人帶車沉沒至海中。

日後，雖然吊起了男子駕駛的轎車，但並未發現男子或他的遺體，至今仍生死未卜。

而在那次唯一逃過死劫的亦菲，幾乎有三個月無法正常說話，當時父母都擔心她會不會因此成為心理障礙患者，還帶她去看了幾次心理醫生。

我真是個沒用的妹妹，為什麼我不能夠勇敢一點。每當想起這起事件時，亦菲都會如此自責。

而這也造成了亦菲日後能不搭電梯就不搭的習慣。或許對她來說，看到電梯就會聯想起這恐怖且悲傷的記憶。

想著想著，頭又不自覺地痛了起來。

原本亦菲想向專案小組報告，這起十三年前的案件會不會和傑克有什麼關聯。但她還是沒說出來，心中似乎有某種念頭抑制住了她。

或許某些細心的人早已注意到了。

當亦菲這麼想時，一道熟悉的聲音傳入她耳中。

「在想什麼？」

德華拉了張椅子在亦菲旁邊坐下。亦菲正在警局的某個角落休息，這裡有幾張桌子和椅子。

「沒什麼，只是想起我當初想成為警察的動機。」

回想起來，關於想成為警察這件事，亦菲當時可是花了一大段時間才說服她的父母，畢竟對她的父母來說，亦菲是他們唯一的女兒了，要是再從事冒著生命危險的工作，任哪一對父母親都會難以安心。

「喔……」德華不知道該擺什麼樣的表情才好，「那是為什麼？」

「因為……」亦菲原本想說出來，但話卻才說到這就打住。

「該不會因為是十三年前那件事吧？」德華這麼說時，亦菲前一秒還有些驚訝，下一秒又立刻放下表情。

果然，他已經調查到那裡了。亦菲暗忖。不知怎麼地，心中竟然有股喜悅感油然而生。

「嗯，就是那樣。」亦菲故作鎮定地說。

德華點著頭。顧慮到亦菲的心情，他暫時不打算與亦菲談論那起事件。

亦菲嘆了聲氣，接著開口感嘆道：「為什麼人總是在互相傷害呢？」

德華將手托住下巴思考了這個問題，隨後開口回應亦菲。

「因為人是有感情的啊。感情這種東西比智慧還要難搞，要是自己珍視的人事物受到傷害時，人一定會對加害的一方產生仇恨，若是無法保有包容和體諒的話，人們便會深陷在這惡性循環中。」

說完，德華也跟著感嘆：「人類真是複雜的生物啊！」

「要是當個小狗小貓就輕鬆多了。」亦菲有感而發。

「啊，抱歉，我更正。」德華又補充道，「小狗小貓也是有感情的啊，要是主人生病或是心情不好，牠們也是會守在主人身邊一整天的。」

「對喔，那……乾脆當棵樹算了。」亦菲淡定地說。

亦菲才說完，德華便忍不住噗嗤地笑了出來。

「笑什麼？」亦菲不滿意地問。

「沒什麼，妳難得會講出這種話。」

「怎樣？」亦菲挑起眉問，表情一樣透露著不滿。

「一個二十八歲的女人竟然說自己想當一棵樹，簡直就像是高中的文藝少女一樣。」德華笑著道。

「不行嗎。」亦菲這麼說時，才回想到自己的學生時代，的確有很多少女喜歡寫這類的詩詞發佈在社群平台上。

德華搖著頭，喝下了一口手上的咖啡。

亦菲又問：「上次不是說到引誘被害人的方法嗎，吳莉安那起依上次的推理應該不會錯了，但陳曼妮那起，傑克到底是用什麼方法？」

只見德華縮了肩又瞥著頭。

「要在凌晨約一個單身女性到廢棄工廠，除非對方是熟識的人，不然幾乎是不可能的。」

「和陳曼妮熟識的人嗎，那實在是太多了。但如果再加上認識吳莉安這個條件的話，應該也剩沒幾個才對吧，然後再排除梁正淵……」

「不，不要忘記了，吳莉安和陳曼妮可是大學同學，大學時的社交圈是很廣的。」德華嚴肅地說。

「真的要追到那條線去嗎？」一想到要找遍她們的大學同學，亦菲又感到一陣疲累侵襲全身。

「也只能查查看了，哪怕只有百分之一的進展。」德華起身後說，「再加把勁吧。」

# 18

亦菲持著手機在自己耳邊。望向窗外，是普通住宅區的街景，而比較不同的是，樓下聚集了許多遠道而來的客人。

這裡是西區某間有名的甜點店，她從以前就很想來這裡嚐嚐看。

嘟……嘟……嘟……手機保持著相同的聲響一陣子，當她放下手機時，才注意到她想聯絡的對象已經出現在她眼前的座位上。

「妳什麼時候到的啊？」亦菲驚訝地看著詠蓁說，「真是的，到了也不叫我一下。」

「我想看看妳什麼時候才會發現嘛。」詠蓁以那成熟的五官，帶著淘氣的表情說道。

「會這麼做還真不像妳。」

「是嗎？倒是妳，身為警察，靈敏度那麼低可不行喔。」詠蓁說這句話時的口氣，又像極了前輩或長輩。這讓亦菲想起了亦萱。

「這個不用妳管啦！」亦菲帶點賭氣地說。

「好了，先來決定要吃什麼吧。」詠蓁說。

在決定好餐點後，亦菲喚了服務生，很快地完成點餐。

「妳工作還好嗎？看新聞都說案情沒什麼太大進展呢。」詠蓁關心地問道。

「還好啦，雖然說沒什麼太大進展，但該有的搜查進度還是有的，不要聽新聞亂報啦。」

「那就好，應該不會太累吧。」

「不會啦，要是太累我今天就不會出來了。」亦菲故作輕鬆地回應。其實她為了每天的走訪調查確實花了不少體力，而一直沒有新的突破更使她覺得現在做的事實在吃力不討好。

「妳還是別讓自己太操勞啊。」

「沒事啦，警察的工作本來就是這樣。」

詠蓁像是突然想到什麼，倏地開口說：「對了，妳考上警大到現在，也有十年了吧。」

亦菲聽詠蓁一說，才發覺好像是這麼一回事，她從沒仔細計算過。

「好像是欸，正式當上警察，也已經有六年了。」

「恭喜妳啊。」詠蓁燦笑地說。

「怎麼突然說恭喜啊，這又不是什麼特別的事。」亦菲感覺有點難為情。

也多虧了詠蓁的提醒，亦菲才憶起此事，當初在失去姊姊亦萱後，亦菲便立誓成為警察，想盡自己的一份心力消除世上的罪惡，在詠蓁的鼓勵下也順利考上了警大。

她從未忘記這樣的初衷。

只是偶爾還是會有心有餘而力不足的情況發生。

「對了，那個梁正淵真的不是傑克啊？」
詠蓁似乎對這起案件很感興趣，不時會傳訊息問亦菲一些有關案情的事，但基於偵查過程必須保密，亦菲也不能向詠蓁透露太多。
「是啊，都已經證實了。」
亦菲對詠蓁大致說了正淵提出不在場證明的前因後果，但都和新聞上看到的沒兩樣，頂多只是從亦菲口中確認新聞沒有誤報。
這時，她們的餐點送了上來，女服務生緩緩地將甜點分別送上桌。她們中斷了話題，直到女服務生離去後，詠蓁才又開口說話。
「但這樣的結果也太好笑了吧，要是我是警察一定會氣死，為了什麼電子菸浪費了警方一堆時間。」
「這也沒辦法嘛。」亦菲泰然地說，這種事她已經見慣了。
「真是辛苦妳了！」詠蓁說。
「其實……」亦菲表情猶豫，她不知道這件事能不能說，但實在忍不住想告訴詠蓁。
「怎麼了？」詠蓁疑惑地望著亦菲的面容。
「我跟妳說，但妳不要說出去喔。」亦菲在說這句話時，覺得自己就像是小學女生互相交換祕密一樣。
「好，我不會說。」詠蓁爽快地回應。
接著，亦菲開口說道：「我們調查了陳曼妮，就是第一位被害者後，發現她大學時的住處就是我以前住的那棟公寓。」

詠蓁聽到時也掩飾不住震驚，雙眸瞪得很大。

「真的假的!?有這麼巧的事嗎？」

亦菲沒有自信地搖著頭說：「我也不知道。」

「所以她大學的時候是在那裡租房子嗎？」

「她是借住在她親戚家，剛好離她的學校比較近。實在不知道這跟十三年前那起案件有沒有關係。」亦菲愁著眉說。

「欸，妳說傑克有沒有可能就是當初那個壞爸爸啊，他不是一直到現在都還沒被找到嗎。」

「這怎麼可能嘛！」

詠蓁現在才後悔，好像不應該開這種玩笑。

「好啦，抱歉。話說回來，都沒有其他人發現這個關聯嗎？」

「是有一個啦。」亦菲這麼說時，似乎感到些羞澀。

詠蓁也馬上察覺到亦菲的不對勁。

「咦!?妳怎麼了，表情怪怪的。」

「有嗎？」亦菲雙手摀著臉頰，理了面容。

「該不會……」詠蓁以調侃的語氣說道，「是那個叫羅德華的學長吧？。」

「才不是啦。」

起初亦菲還矢口否認，但面對詠蓁的逼問，亦菲才無可奈何地承認。

「這有什麼不好的嘛！他一定還在意著妳。」

「才不是呢，他只是單純對案情的細節觀察得比較敏銳而已啦。」

「誰知道呢。」詠蓁的眼神帶著挖苦。

「別說了啦，妳看妳都只顧著說話，眼前的東西都沒吃。」亦菲邊說，邊用叉子撈了一口詠蓁眼前的蛋糕來吃，「嗯，真好吃。」

咀嚼著蛋糕，甜甜酸酸的，亦菲露出滿足的表情。

「再給他一次機會嘛，怎麼樣？」詠蓁又問。

「什麼怎麼樣？」亦菲的表情又回到剛才難為情的樣子。

「就是跟他復合看看啊，而且妳也到了該結婚的年紀了吧，難道妳不想結婚嗎？」

「我沒有說不想結婚啊，只是現在這個年代，就算已經到了適婚年齡，也很少女生真的那麼早結婚了吧，又不像二、三十年前那種環境。」

「說的也是，當年我媽可是二十七歲就生下我了。」

「咦⁉」亦菲驚嘆了一聲，「妳媽也是二十七歲生妳的嗎？」

詠蓁點了頭。

「對啊，妳也是？」詠蓁驚喜地問。

「嗯。」亦菲也點了一下頭。

接著兩人同時笑了出來，詠蓁順著氣氛說：「真是巧，我們很有緣呢。」

「對啊。」亦菲隨之附和。

「但妳真的不考慮看看嗎？也不一定要想到結婚那裡去啦，就再交往一次看看啊。」

「怎麼又回到這個話題啦，好不容易才聊到別的地方的。」亦菲懊惱的表情又毫無保留地展現出來。

「怎麼樣嘛，反正妳現在也沒有其他對象。」
亦菲實在招架不住詠蓁的慫恿，要是再被問下去肯定會沒完沒了，她刻意轉換話題的重點。
「不然把他介紹給妳好了，妳還不是一直都沒有交男友。」
「我無所謂啦，就算一輩子單身也沒關係。」詠蓁落落大方地回應，「但妳和我不一樣啊，妳值得有個願意為妳付出的男人。」
真的是這樣嗎？亦菲在心中產生懷疑。自從她失去姊姊後，她就一直封閉了自己的性格，也不怎麼與其他人交際，一心只以當上刑警這個目標而活，她只希望能為自己生活環境的和平盡一份力，僅此而已。只是因為這樣，就值得擁有一個交往對象嗎？還是說其實只是彌補姊姊這個親人的空缺而已？為什麼？亦菲想這麼問詠蓁，但最後還是把話壓回了喉嚨。

# 19

亦菲在附近的收費停車格停好車後，便與德華走進這棟位於西屯區的辦公大樓，這裡算是臺中市內數一數二的繁華地帶。
他們到了某層的金融公司，馬上有一名男性職員向他們招呼，在他們出示刑警證時，男職員還有點嚇了一跳。
「請問這裡有沒有一名叫湯秀晴的女士？」德華先問道。
「湯秀晴？」男職員面露疑惑，像是沒有聽過這個名字一樣。但隨即又像想起什麼似地「啊」一聲了一聲。

「請等一下。」男職員說完，走向了另一名女職員身旁，看樣子是在確認什麼事情。

當男職員再次走向德華和亦菲時，他說秀晴正在休息室休息。

湯秀晴是這間金融公司的清潔員。

「要帶你們去休息室嗎？」男職員問。

「麻煩了。」

「那個……請問她是犯了什麼罪嗎？」男職員忍不住問道。

「不，她沒犯什麼罪，只是與某起案件有點關聯而已。」德華解釋道。

男職員聽到後，感覺鬆了一口氣。

「這樣啊。」

到了休息室門前，男職員請他們在門外稍後片刻，便進入休息室內。

據其他組員的偵查結果，秀晴就是將第二件包裹寄出的寄件人。為了查出此事，專案小組費了好一大翻工夫。其中令人好奇的是，她與寄出第一件包裹的瀚穎有著一項共通點，就是都留有前科。秀晴曾在五年前犯下竊盜罪。

這是近期好不容易得到的較大斬獲。

在門外等了一陣子，男職員遲遲沒有出來，但隱約能聽到門內的交談聲。

「為什麼傑克挑選替他寄件的對象，都是有前科的人呢？」德華問道，這只是為了打發等待時間而發問的話題。

「難道傑克是犯罪集團的人嗎？」

「有可能嗎，但楊瀚穎和湯秀晴也只是普通百姓而已，會跟犯罪集團扯上關係嗎？」

秀晴五年前之所以會犯下竊盜罪，是因為生活困苦，不得已才在超商偷了一些民生用品。據說她是未婚生子，獨自扶養了一名女兒，而她女兒今年即將升上小學一年級。

「這我也不知道了，還是說只是巧合？」

「看來目前是無法判斷啊。」德華泰然地回應。

過了數分鐘，男職員終於從休息室走了出來，但他帶著歉意地說：「實在非常抱歉，她好像不怎麼願意見警察，我也稍微勸過她了，但好像還是……」

「是嗎。」德華懊惱地說。事實上，他們目前還沒有權力強制讓秀晴接受他們的詢問，要是對方不願意露面，那也無可奈何。

這時，休息室的門突然打開了，一名女性打量了德華和亦菲幾眼便帶著掃除用具走向走廊。

「請問，她就是湯小姐嗎？」德華小聲地問。

「是的。」男職員說。

德華會向男職員確認是因為，那名從休息室走出來的女性看起來就像是年近四十的中年婦女，一點也不像資料上所註記的二十九歲。

「請等一下。」亦菲喊道，同時快步走向秀晴。

「啊，不好意思。」德華向男職員致意，便跟上亦菲。

「請問能協助我們幾件事嗎？」亦菲對秀晴問道。

秀晴停下腳步，但她並沒有轉身面向亦菲，只是側過臉對身後的亦菲說：「我還有工作要忙，你們回去吧。」

秀晴說完，便又邁開步伐，走向走廊的另一端。

在亦菲想追上去時，德華抓住了亦菲的手臂，示意亦菲先到此為止。

「先這樣吧。」德華說。

「可是……」

看得出來亦菲有些不甘願。

這種情況之下，他們只好離開辦公大樓。時間接近中午，他們在附近找了間拉麵店解決午餐。

「你剛剛為什麼不讓我追上去問？」亦菲問了德華。這句話並不是怪罪或是責備，只是單純詢問。

「既然她現在不願意接受我們的詢問，再怎麼拜託她也只是浪費體力。」德華說。

他們的拉麵送了上桌。兩個人吃的都是豚骨拉麵。

德華繼續說道。

「現在只要讓她知道警方已經查到這件事就好了，讓她能先有這個心理準備。」邊說，德華也一邊掰開木筷。

亦菲接受了這個想法。她掰開木筷，但不像德華那樣漂亮，筷尾並沒有對稱地裂開。

「而且她應該也是顧慮到被傑克威脅的事吧，想也知道，傑克一定也是用了什麼方法像威脅那位楊瀚穎一樣來威脅她。」德華又說。

「這還真麻煩啊。」

「沒辦法啊，不是每個人都能像那位楊先生一樣有那麼大的勇氣，即使面對威脅還是願意提供警方幫助。」

「得想辦法讓她卸下心防才行。」亦菲接著咬了一口叉燒肉片。

工作的話題結束，沒過幾秒，德華突然問道：「妳現在……這樣子的生活會很寂寞嗎？」

亦菲面對這樣的問題，不禁在心裡思忖，寂寞是指什麼？是指一個人住嗎？還是指失去姊姊這件事？

「也沒什麼好寂寞的啦。」亦菲應道。

「是嗎，那就好。」

德華嘴上這麼說，但心裡好像還藏著其他想說的話。亦菲馬上察覺了德華的表情有些不自然，挑起一邊眉毛看著德華。

德華只好接續著說。

「啊，沒事，我是想說……妳不必勉強自己。」德華說話有些吞吐，「要是妳會寂寞的話，我可以偶爾陪陪妳，就跟以前一樣。」

「沒關係啦。」雖然說沒關係，但亦菲還是感覺到自己體溫上升，心跳加快，這種感覺似曾相識。

亦菲不禁想起前幾天與詠蓁的聊天內容，她與詠蓁說了很多德華的事。

亦菲不敢直視德華的眼神，她低頭看著自己眼前的拉麵，卻也沒動一下筷子。

德華此時的反應，也和亦菲一模一樣。

亦菲動作停滯了一會，才夾起碗中的拉麵。

要復合看看嗎？

他們再次來到秀晴負責清掃的金融公司是三天以後，一到公司內，來招呼他們的是一名女職員。他們沒有見到上次那名男職員，或許是去出差吧。

德華向女職員表明他們的身分後，女職員便馬上了解狀況，可能是上次他們來這裡的事已經在職員間被討論過了，畢竟公司有警察找上門並不是件稀鬆平常的事。德華心想，這樣也好，不用再費口舌說明一次。

女職員領著德華和亦菲到上次那間休息室，但這次秀晴並不在裡面。

「我想應該是去哪個地方打掃了。」女職員說。

「能幫我們找到她嗎？不好意思，麻煩了。」德華提出請求。

女職員答應後便請他們在原地稍等。

「啊，還是讓你們在裡面稍坐好了。」女職員改口說。

「可以嗎？」

「嗯，不用客氣。」

德華和亦菲在休息室內的沙發坐下後，女職員又端了茶來給他們才踏出休息室。這裡有幾張沙發和桌子，裝潢別緻。

過了十分鐘左右，女職員回到休息室內，但並沒有見到秀晴。

女職員帶著懊惱的表情說：「不好意思，我在公司到處都找不到她，不知道她是不是出去了。」

「這樣啊。」德華若有所思地說。

「還是你們留下聯絡方式，要是有碰到她的話我立刻聯絡你們。」

「也只能先這樣了。」

德華和亦菲起身，理了一下儀容。

休息室的門又再度開啟，沒想到這時走進來的就是秀晴。秀晴扶著半開的門，四雙眼睛相互對視，眼看場面尷尬，她又退回腳步，打算離開這裡。

「請等一下。」
亦菲喊道，秀晴才停下了動作。
「如果妳是擔心被威脅的事，請放心交給我們警方，我們會保護妳和家人的安全的。」亦菲說。
秀晴在原地躊躇，沒有給予任何回應。
亦菲又接著說：「妳應該也不想一直帶著不安的心情過生活吧，要是有什麼困難都可以跟我們說，我們一定會盡力幫助妳。」
秀晴內心似乎有些動搖，她走回休息室並將門關上。她深吸了一口氣，望向不知何處的遠方。
「湯小姐，妳就聽聽看警察他們怎麼說吧。」女職員也在一旁勸說。
經過了一番敦勸，秀晴終於走向亦菲和德華，這個舉動讓他們鬆了一口氣。
「那麼我先告辭了。」女職員說完便走出休息室。離開時的她也放了下心。
亦菲、德華和秀晴在沙發坐下，秀晴坐在亦菲和德華兩人的對面。
「其實除了妳之外，還有另一位替兇手寄送包裹的人，他先前已經主動到警局敘述事情的經過了，不知道妳是否和他一樣，是被兇手以家人的安危威脅。但不管如何請妳放心，如果真的是這樣，我們會盡力確保妳家人的安全，現在，那位曾被兇手威脅的人也在我們警方的保護之下，並未發生任何危及安全的事情。」德華首先如此說道。
「如果可以的話，希望妳能向我們說出事情的經過，我們會盡我們所能幫助妳的。」亦菲說。
半晌，秀晴總算開口了，但語氣相當生硬。
「我也忘記是在多久之前了，我收到了一封奇怪的信。」
德華和亦菲看著秀晴，他們以點頭示意秀晴繼續說下去。

「信中說，要我到某個地方拿一個盒子，然後照信中的地址寄給電視台，而且還說如果不照做的話，就會對我女兒不利。」秀晴說著，語帶憂愁，「信中還附上了一張我女兒的照片。」

「請問妳剛剛說的某個地方，是在哪裡？」亦菲問。

「我記得是烏日區的偏僻路段，因為信中用地圖標註了位置，所以我只是騎車照著走，沒有記得太清楚。」

「時間呢，對方有指定嗎？」

「有，他要我在九月八日的早上七點準時到那邊。」

「信中是不是也有提到，在完事後將信燒掉？」德華接著確認。

「嗯，一切都是照對方的指示做的，他把細節都交代得很清楚，而且也說過不能報警。」

「果然啊……」德華嘀咕道。

突然，秀晴又提起了身子，緊張地說：「我看還是到這裡就好了，抱歉，我沒有辦法幫你們。」

「湯小姐！」亦菲隨即叫住秀晴，「請放心吧，我們既然都來了，就一定會幫妳解決這個問題的。」

「是啊，先冷靜下來吧。」德華說。

聽完他們這麼說，秀晴內心一陣掙扎，不久後才又恢復坐姿。

「其實我會怎麼樣是無所謂，但重點是我女兒，她年紀還小，我實在不希望她跟我一樣，過著像是受罪般的人生。」秀晴不忍地說，情緒有些激動。

「我年輕的時候，因為愛玩又不求上進，甚至還嘗試過吸毒，幾乎毀了自己的人生，二十二歲那一年，又懷了我現在的女兒，但根本不知道爸爸是誰。」

看著秀晴說話的樣子，德華有一瞬間覺得，秀晴就是個如假包換的中年婦女，但明明實際上才二十九歲。

秀晴接續著說：「在生下了女兒之後，我才下定決心要好好照顧她，雖然我沒能帶給她像一般家庭一樣該有的幸福，沒辦法提供她很好的生活，但是我必須為她負責，盡力彌補她，從那刻我才體認到身為母親的責任感。」

雖然秀晴無法詳盡地表達她的感情，但亦菲和德華都能充分理解。秀晴不斷吐露她生活上的心聲，以及當初偷竊超商時的罪惡感，她的情緒沒有一絲壓抑，就像是一次將藏在心中多年的苦水發洩出來一樣。

或許是從未有人能如此傾聽她的苦衷。亦菲是這麼覺得的。

「我知道了，我們會盡全力保護妳和妳女兒的安全的。」

德華對秀晴許下承諾，秀晴的臉上才映出一絲安心。

接著，亦菲向秀晴確認了她女兒的身分，以便日後安排警方人員協助。

但是，此時德華心中衍生出一個疑問——傑克該如何掌握楊瀚穎和湯秀晴是否有與警方接觸？

# 20

搜查工作正依克維指示的步調進行著，雖說過程順利，但也並沒有對於傑克的有力線索，頂多只是列出了幾位嫌疑犯。

而目前受到警方保護的對象有：曾怡潔、楊瀚穎、湯秀晴以及楊瀚穎和湯秀晴的家人。

亦菲和德華上報了秀晴的查訪過程及結果，這算是近期最大的進展。

「依照這個步調找下去，一定可以將傑克繩之以法。」

這是克維在上次的會議中所做的精神喊話。

然而，第三位被害者在九月二十八日被發現。

發現地點在南屯區的某座地下停車場，被害者的身分為三十六歲的女性，已婚，名為白伊琳。

發現時間為九月二十八日的凌晨三點十五分左右，遺體就大膽地被遺棄在車道上。

發現者是五名來自外地的大學生，他們趁著中秋連假從臺北來到臺中觀光，在凌晨三點左右結束那天的行程回到民宿前，因為民宿沒有提供停車場，他們便打算將車子停在附近的地下停車場，因此發現了遺體。

專案小組在接獲報案後，便於二十分鐘內趕到現場。

雖然被害者同樣是胸口被砍下好幾刀，但刀法相當粗劣，另外，心臟也未被取走。

由法醫初步判定，被害者的死因並非刀傷造成，而是尤其他藥物所致，她的左手腕附近留下了針頭的傷口。而現場周圍也沒有發現嘔吐物或是其他人體分泌物，也就是說，被害者可能是在往生之後一段時間才被運來這裡，並在被棄屍後才遭到兇手拙劣地開膛，從現場的血跡狀況也能如此判斷。

除了這些之外，現場周圍也未留下暗號之類的標記，由於先前兇手會留下暗號的消息未對外透露，因此所有偵查員一致認為，此案並非傑克所為，而是另有其人想趁此時機模仿開膛手傑克的手法犯案。

「雖然之前就有想過可能會發生這種事，但沒想到竟然真的發生了。」慶明感嘆道，「心情還真是複雜啊。」

「但是，這模仿的手段也太差了吧。」德華忍不住挖苦。這句話沒有別的意思，當然，相較之下被害者沒有死得那麼慘烈在某種程度上來說算是萬幸。

「你們不覺得，兇手沒有將心臟取走是因為他辦不到嗎？」亦菲看著正在檢驗的遺體發問道。

「嗯，的確是呢。」慶明附和。

「對一般人來說，要在短時間內順利地從體內取出心臟並不是一件容易的事吧，而且從遺體的傷口來看，感覺兇手用的是一把不怎麼利的刀。」亦菲說。

「應該就是那樣沒錯，遺體的肋骨上有好幾道刀痕，也有一根像是被用手扳斷的。」德華嚴肅地說著，「我想兇手應該是受限於時間和地點，雖然半夜是不太會有人經過沒錯，但為了以防萬一，兇手還是會想盡量早點完事，而他在一段時間後一直未能將心臟取出，便放棄後離開了。」

慶明和亦菲都同意這個說法。

令人匪夷所思的是，為何兇手要選擇在這種地方棄屍？

德華掃視停車場，與橋下和廢棄工廠不一樣的是，這裡各個角度都裝設了監視器，只要調出畫面應該就能獲得最有利的線索。

法醫推估出死亡時間是約七小時以前，也就是前一天，九月二十七日的晚上九點左右。

「等抓到兇手後，一定要好好給他點教訓。」慶明舉起緊握的拳頭，憤怒全寫在臉上，「嫌我們還不夠忙是不是！」

亦菲也有同感，但她沒有開口附和。對她來說，在大半夜被叫出來支援簡直是能用痛苦來形容，她到現在眼神還有點惺忪。

相較之下，德華依然精神抖擻，完全看不出來已經操勞了將近一個月。

亦菲又感到了輕微的頭痛……

現場證物的採集工作比預期時間還早結束。因為這裡並不是第一犯案地點，所以能採集到的證物也有限。

當他們離開地下停車場時，太陽已點亮了眼前的街景。

# 21

地下停車場的監視畫面在上午九點完成調閱，二十八日凌晨兩點時，一輛黑色廂型車暫停於車道上，接著從車內後座踏出了一名男子，男子對車內說了幾句話後，伊琳的遺體便從車內送了出來。

男子將遺體平放於車道上，再用車內傳來的水果刀劃著遺體的胸口，動作看起來相當吃力，在這過程中，男子不停與車內的人對話，表情慌忙。

過了五分鐘左右，男子又對車內一陣交談，之後便帶著水果刀跳上黑色廂型車，看樣子是被車內的人叫了回去。

凌晨兩點零七分，黑色廂型車離開了地下停車場。

由此可見兇手不只一人，從畫面推斷至少有三人共同犯案。

從車牌號碼追查那輛黑色廂型車時，卻發現那是兩年前遭竊的贓車。

亦菲和其他同事們一起看完監視畫面後有一段休息時間，她打算利用這段空檔解決午餐。

「妳看起來很累喔。」德華在亦菲身旁拍了她的肩膀說。

「嗯，確實有一點。」

「妳先休息一下吧，等等會議見。」德華說完，便朝著電梯走去。

偵查會議在下午兩點舉行，說實話，亦菲不怎麼想參加，但一想到當初自己為何走上刑警這條路，她的動力和責任感又湧上心頭。

現在或許有人正在為失去親人痛苦著，這麼一點疲累絕對不是藉口。如果這些工作自己不做好的話，該由誰來做。亦菲這麼告訴自己。

會議首先是法醫的鑑識報告，被害者白伊琳的死因是過量氯化鉀導致心跳停止，報告中顯示，從遺體的靜脈中檢驗出高劑量的氯化鉀。

另外，遺體的手腕及腳腕都留下明顯的勒痕，身體各處也有不少擦傷，由此研判被害者死前是遭到兇手綁架，並在那時發生爭鬥。

之後，兇手從被害者左手腕附近注射氯化鉀，便造成被害者死亡。

雖然氯化鉀的獲取途徑並不困難，但被用來行兇的話就有必要追查來源，目前這方面還有待調查。

接下來是被害者身分的報告，負責報告的是一名四十歲左右，留著八字鬍的中年刑警。

「被害者名為白伊琳，三十六歲，已婚，戶籍位於彰化，我想這些當時在現場的大家應該都知道了。再來就是，這名被害者與丈夫育有二子，分別為十歲的兒子和八歲的女兒，而她的丈夫是某黑幫現任的幫主宋志揚。」

說到這時，會議中傳出窸窣的討論聲，而中年刑警持續報告著。

「被害者目前沒有正式工作，但偶爾會到丈夫父母開的便當店幫忙。」

中年刑警說完後，由他身旁的另一位年輕男刑警接續報告。

「以目前的狀況來看，這位白依琳似乎與前兩位被害者沒有任何關係，因此可以當作是個案來偵辦，再來是關於黑幫背景的部分……」

聽著年輕刑警的報告，亦菲忍不住想打呵欠，她用手摀住了嘴巴。

亦菲用指尖按壓著自己的頭部，盡力保持清醒。雖然亦菲的視線不離正在報告的對象，但精神始終難以集中。

等她回過神來，會議已經不知道進行多久了。

「另外，依這幾天的調查結果，先前列出的幾位嫌疑人都被證實與案情毫無關聯。」年輕刑警說完，各個長官都露出懊惱的神情，尤其是坐在前方正中央的局長克維。

咦⁉什麼調查結果？——

亦菲茫然地看向身旁的德華。

德華注意到後便向亦菲說：「之前吳莉安和陳曼妮的案件不是列出了幾位嫌疑人嗎，是在說那個啦。」

「喔……」亦菲恍惚地回應。

「打瞌睡的技術還蠻厲害的嘛，背還挺得很直。」德華帶著微笑說，這個微笑有點調侃的感覺。

我打瞌睡了嗎？亦菲疑惑地問了自己。

接下來的會議中，亦菲也是在恍惚中度過。會議結束時已經是下午五點了。

雖然亦菲在會議過程中就如同休息一般，但她卻有種越休息越累的感覺。她在洗手間洗了把臉後從鏡子中端詳自己的面容。

難道自己的身體已經不行了嗎？

她從來沒想過，半夜被叫去緊急支援會是如此折磨。她回想過去的經驗，半夜前往緊急支援也有過幾次，但從沒像今天這樣感到如此疲憊。

她看著鏡子，照映出來的彷彿是另一個人，她咽了口唾沫，又捧起水往自己的臉上潑。

走出洗手間，第一眼看到的是直挺挺地站在眼前的德華。

「你在這幹嘛？」

「我剛上完廁所啊，不行嗎？」

亦菲沒有過多的回應，只是「喔」了一聲。

「妳今天一直沒什麼精神欸，頭又痛了嗎？」德華又問。

「頭痛倒是還好，就是今天一直覺得很累。」亦菲邊說，邊用指尖按壓著肩膀。

「也是啦，最近的確挺操勞的，啊！該不會是感冒了吧。」

「也有可能吧，但現在除了感到很累之外也沒有其他症狀。」亦菲在心中暗自嘟囔，自己的身體真是不爭氣。

「要不要去看一下醫生比較好？」

「嗯，我想也是。但重點是要抽得出時間，等我下班後醫院的門診應該都關了吧，總不能只因為這點疲勞就去掛急診。」

「妳可別勉強自己啊，要是不得已就請一下假吧，不會怎樣的。」

「好啦。」

亦菲刻意裝做不在乎德華的關心，但內心確實藏著些許愉悅。不知怎麼地，她從剛剛就一直有種心如兔躍般的緊張和喜悅感。

「趕快回去工作吧，免得被別人抓到我們在偷懶了。」德華說。

他們回到工作崗位上，直到下班前都沒有與工作無關的交談。

這段時間，由於亦菲將精神集中於工作上，使她暫時忘記了身體的疲累。她整理了之前走訪調查的紀錄，也稍微分析了案情至今的發展。

然而，工作一結束，疲累的細胞蔓延全身，她在步入停車場時踉蹌而行。

弦月高掛在眼前，但由於被薄雲遮蓋，只透著朦朧的月光。

亦菲從包包中拿出汽車鑰匙，當她對著遠方那台白色豐田ALTIS按下解鎖按鈕時，她那隻拿著鑰匙的手被從身旁伸出的手硬生生地扳了下來。

亦菲驚愕的同時，反射性地想反制對方，但看清楚對方的面容時，她的緊張才得以鬆弛。

德華搶過亦菲手上的鑰匙，又對著豐田ALTIS按下上鎖。

「妳這樣子要怎麼開車啊，路又走不穩，連有人走到妳旁邊都不知道。」

德華的語氣雖重，卻透露著對亦菲的憂心。

亦菲沒有反駁，她自己也知道自己現在的狀況確實不適合開車。

「今天我就送你回家吧。」

「不用啦，太麻煩你了，我可以搭計程車就行了。」

亦菲嘴上說著不用，但心裡其實也想接受德華的好意，她暗自期待德華聽得出她所說的只是客套話。

「是嗎，那妳自己小心啊。」德華說完，便向亦菲招了手轉身離去。

亦菲只好順應著情勢道別，同時湧起一股失落。她悵然地走向警局外的大馬路。

沿著警局外圍漫步了一小段路，亦菲看著車潮，留意著黃色的車子。

沒兩分鐘，一輛黑色進口車停在她面前，她見過這輛車。不，不只是見過，是很熟悉。

進口車副駕駛座的車窗搖了下來，坐在駕駛座的德華探著身子對亦菲喊道。

「上車啦。」

亦菲霎時間還有些遲疑，但馬上就坐進了車內。不知道剛剛偷笑有沒有被德華看到。

「想讓人載就直接點說嘛，還在那邊裝客套。」

亦菲一上了車，德華便如此對她說。

「咦!?」

「不要以為我看不出來啊。」德華志得意滿地說著，同時打了方向燈，轉動方向盤，接著又補充說，「妳以為我之前都是怎麼破案的。」

亦菲看著德華的側臉，德華的嘴角微微上揚。

「好啦，今天就謝謝你啦。」

「那麼，小姐，請問要到哪裡？」德華裝作一副計程車司機的樣子說。

亦菲告訴德華她家的地址後，德華應了一聲：「好。」

車內播放的樂曲是馬勒（Mahler）的第二號交響曲《復活》（Symphony No.2 Resurrection）。

這麼聽著時，亦菲感到一股睡意漸漸襲來。

在睡著之前，亦菲用剩餘的力氣問了德華：「我車子還停在警局，明天上班要怎麼辦？」

「我去接妳。」

# 22

偵訊室內的是一名三十八歲的男子，他從進入偵訊室後一句話也沒說，不論慶明以何種方式詢問都無法使他解除緘默。

今天清晨，警方已鎖定殺害白伊琳的嫌犯，一共三人，並於中午在中區將他們逮捕到案，嫌犯分別為洪明哲、蔡永福、邱品廉。

現在正接受慶明偵訊的是邱品廉。洪明哲和蔡永福則分別在其他偵訊室內等待偵訊。

他們三人都是黑幫份子，但並不是伊琳丈夫所屬的黑幫，而是對立關係，且兩幫近日發生了不少生意上的糾紛。

依地下停車場的監視畫面比對，邱品廉就是當時操刀的犯人，也是三人之中輩份最小的。

而洪明哲和蔡永福分別是當時坐在廂型車後座及駕駛的共犯，其中洪明哲輩份最大，四十六歲，似乎在黑幫中也有一定的地位。蔡永福則為四十二歲。

雖說操刀剖開遺體的是邱品廉，但對伊琳注射毒物的是誰目前還無法確定，他們三人始終保持緘默，也因如此，無法否定有其他共犯的可能。

偵訊室內的空氣凝重，與偵訊觀察室內的氣氛成了對比。觀察室中不少人正熱烈地討論著，但多半是無意義的風涼話。

「他要這樣沉默到什麼時候啊？」德華看著邱品廉對亦菲說。

「我猜他也不敢隨便說話吧，至少在其他兩個人開口之前。」亦菲精神充足地說。

今天早上德華去接亦菲的時候，已看到亦菲平常健全的模樣，她說睡了一覺之後身體便恢復許多，因此也取消了去醫院的打算。

「所以說一開始就搞錯偵訊順序了嘛。」德華應道。

「那也是上面的指令，所以也沒辦法吧。」

德華嘆了氣，擺出無奈的表情。

又過了約五分鐘，偵訊室內依然沒有動靜，他們觀望的期間少不了幾句閒聊。突然，一名偵查員走進偵訊觀察室，傳來要緊急集合的消息。

雖然說是集合，但被要求的只有德華、亦菲以及其他兩位同事。

他們都已有所揣測，或許是案情有什麼重要的進展。

望向偵訊室內，慶明也正與另一位偵查員對談，似乎是接到了同樣的通知，他站起了身。

不久後，他們在專案小組辦公室內圍成一圈，包含德華、亦菲、慶明和其他偵查員總共七人。

他們最先接收到的消息是，之前替傑克寄送包裹的楊瀚穎和湯秀晴，直到十五年前和六年前都是黑幫成員，且與洪明哲等人是相同的幫派。

簡直不可置信。亦菲的表情透露了她內心的想法。

不只亦菲，除了宣佈消息的人以外，在場其他人都是類似的反應。

這是在調查洪明哲等人所屬的黑幫時碰巧查到的，但這與主案情的關聯，是否也只是碰巧？

「總之這件事我先向上頭報告吧，再麻煩你們負責去查訪楊瀚穎和湯秀晴這兩位關係人了，可以的話現在就行動。」

接下了慶明的指示，德華和亦菲在了解此消息的來源和調查經過後，便倏地拿了車鑰匙前往停車場，他們被指派查訪瀚穎，而秀晴那邊則由另外兩位偵查員負責。

到了車位時，亦菲習慣性地打開了駕駛座的車門，當她要坐入駕駛座時，德華拍了她的肩膀。

「今天讓我來開吧。」

「咦⁉怎麼這麼突然？」

「不用管。」德華從亦菲手上接過鑰匙，用下巴指了副駕駛座的方向。

亦菲只好順著德華的意到副駕駛座，她心中猜想，德華或許是出自於對她身體狀況的關心。這一點貼心亦菲還算看得出來。

他們的目的地是瀚穎的工作場所，瀚穎在大里區的某間不鏽鋼工廠擔任作業員。

車程花了四十分鐘左右，他們到了工廠門口，迎接他們的是一名和瀚穎年紀差不多的男子，由德華告知事由後，男子便走回工廠。從外面就能聽到男子呼喚瀚穎的聲音。

瀚穎見到他們時沒有表現得困惑，可能是已經被慶明聯絡過了吧。

「在這裡不好說話，我們找間店坐下來說吧。」瀚穎面無表情地說，看起來像是想掩飾心中的情緒。

「工作中打擾不好意思，你離開工廠沒關係嗎？」德華問。

「沒事，已經得到許可了。」

「那就麻煩了，附近有什麼適合的地方嗎？」

瀚穎帶著德華和亦菲到了附近的速食餐廳，距離工廠步行約五分鐘。

他們都只點了一杯咖啡，並選擇在牆角的位子。雖然現在速食餐廳內沒什麼客人，但他們還是壓低了對談的音量。

店內的音樂也正好能蓋過他們的聲音。

「關於你十五年前左右的背景，我們想再仔細調查一下。」德華嚴謹地說。

「十五年前啊……是關於幫派的事嗎？你們就直接說吧，想問我什麼問題？」瀚穎毫無避諱的態度，令德華和亦菲也感到輕鬆。

但在這同時，亦菲又為另一組的狀況感到些許憂心。德華應該也是這麼想的。另一組，指的是秀晴那邊。

德華別有意味地看了亦菲，這種眼神亦菲一看就了解德華的意思了，這是他懶得說明事情時才會對亦菲擺出的眼神。

「不知道你得知消息了沒，昨天清晨在南屯區的地下停車場發現一具女性屍體，經過調查後發現，將屍體遺棄的犯人，就是你以前待的黑幫的同夥。」

亦菲說出了洪明哲、蔡永福、邱品廉的名字，瀚穎也馬上有了反應。

「我的確知道他們，以前是一起做過很多事。」瀚穎又強調，「但自從我退出後就沒再與他們有任何瓜葛了。」

「那你知道湯秀晴這個人嗎？」

「湯秀晴？不知道。」瀚穎搖著頭說。

亦菲這麼問是為了測試瀚穎的反應，在來這裡之前，他們已經掌握瀚穎和秀晴兩人待在黑幫內的時間，秀晴是在瀚穎退出後九年才加入的，倘若瀚穎說的是實話，那他絕對不會知道湯秀晴這個人。

而亦菲從瀚穎的反應得到了證實。

德華又接著說：「那麼，我想聽你說說有關那個黑幫的事，不管任何大小事都行。還有主要的行事、組織的規模等等。」
瀚穎喝了一口咖啡，蹙著眉的表情顯露了咖啡的苦澀。
「現在怎樣我是不知道，但在以前，就我看來跟普通的黑幫沒什麼兩樣，主要的謀生方式就是經營八大產業，大概在中區到東區一帶都是我……，他們掌控的地盤，偶爾還會做一些非法買賣……」
瀚穎的話在此打住，他的眼神有些游移。
「你是指毒品和槍械吧？」德華一眼就看出瀚穎難以啟齒之處，他露出一抹別有意味的微笑說，「你放心，我們今天不管毒品和槍械彈藥，也不追溯你個人的過往。」
聽到德華這麼說，瀚穎才鬆了一口氣。而瀚穎又以眼神回應，雙方以眼神打了勾勾，定下約定。
「對，就是毒品交易和槍械買賣。除了這些之外，這個黑幫也沒有什麼特別之處了，唯一值得一提的是人數比其他黑幫來得多而已。」
「了解，那關於洪明哲等人這次犯下的案件，你有什麼想法嗎？就你對這個幫派的了解。」德華的眼神銳利。
瀚穎的表情為難，他搔了搔頭後按著自己的後頸說：「我也不知道該怎麼說啊，脫離他們也那麼久了。硬要我說的話，只能說我認識他們三人時，他們看起來都不太像是會主動去殺人的人，我想是被什麼人指使的吧。」
德華和亦菲的眼睛一亮，他們心中產生出同樣的問題。
「如果是被指使的話，你有什麼眉目嗎？」這句話由德華先問出口。
「我也不敢太確定，會是幫主嗎？也或許是他們三個人的性格改變了。」瀚穎態度保守地說。
「能告訴我們幫主的聯絡方法嗎？」

瀚穎搖了頭。

「我已經沒有他們任何人的聯絡方法了，但我還記得幫主的名字。」

瀚穎將幫主的名字告訴了德華，亦菲將它記錄於筆記本內——楊萬業。

「謝謝你的配合。」

「不，沒能幫上什麼忙。」瀚穎低著頭說，「我才要向你們道謝，二十四小時顧著我家人的安全，說實話我感到有點羞愧。」

「這是我們警方應該做的工作，請別太在意。」

「太謝謝你們了，但是我也在想，是不是因為我這個背景，才會導致我家人現在受到安全威脅。」瀚穎說著，一股惆悵和無奈也隨之流露出來。

其實這個問題德華和亦菲也思考過，只不過他們切入問題的角度是瀚穎和秀晴的共通點。同樣有著黑幫前身，也在退出江湖後努力維持家庭，這就是被傑克鎖定的弱點嗎？

傑克與這個黑幫到底有什麼關聯？

亦菲拿起咖啡將吸管靠近唇緣，在咖啡順著喉嚨流入體內時，速食餐廳內的音樂也隨之淡出。下一首響起的是聽起來有些哀傷的交響樂。

# 23

剛回到住處，德華抓起遙控器打開電視，一邊脫下身上的襯衫。這種時間只剩下重播的節目，他選擇了某台知名的外景綜藝節目，主持人和成員們正在國外的某個樂園進行競賽，成員們必須尋找外國的遊客答題，以最少人次順利答完所有題目才算獲勝。

讓電視播著，德華踏入浴室沖洗掉整天的疲勞。才花了不到二十分鐘，德華便進入隨時可以躺上床的狀態。

電視播放的節目已經進入下一個關卡，德華設定好鬧鐘，關掉電視後便跳向包覆著灰色床單的單人床。

閉上眼睛，翻了幾次身，才入眠後不知道多久，枕邊的手機響了起來。

「喂。」德華意識還有點模糊，眼皮也還無法完全撐開。

而這通電話，使德華的睡意頓時全失。

九月三十日清晨五點半，「真正的」第三位被害者被發現了，地點位於北區的小公園內。此地段是典型的住宅區，小公園的四周圍繞著公寓大樓。

遺體是在溜滑梯的平台上被發現，發現者是一名六十五歲左右的男子，他在五點左右出門慢跑，又在約五點半時於此公園的涼亭休息，因為他在涼亭坐下的角度剛好正對溜滑梯，所以自然地注意到有人在溜滑梯的平台上。

雖然溜滑梯的平台在兩側有安全隔板，但從隔板簍空的縫隙中還是能隱約看到平台上的狀況。發現遺體的男子起初以為是流浪漢，因為遺體是以坐姿靠在隔板上，遠望過去就像是在休息。但他稍微思考後，以前從未在這區看過流浪漢。

好奇心驅使，他便向前端詳，靠近看後才發現是一具女性遺體，黑色的針織上衣佈滿了血跡，也因為溜滑梯平台的顏色是紅色，一時才未察覺到遺體周圍的血跡。

發現是遺體後，男子放聲大叫，才吸引了周圍住戶的注意。

男子現在被送往警局，準備做更詳細的筆錄，一直到上警車前，他的情緒都還難以鎮定。

又依據附近居民的供述，三十日凌晨兩點之前，溜滑梯上或是公園內都沒有任何異狀。由此可推測，傑克的犯案時間是在兩點至五點半之間。

從現場狀況判斷，被害者是當場死亡，遺體並沒有被搬運過的跡象，最重要的是，被害者的受害情形就和莉安與曼妮一模一樣，隔板上也留下了傑克專屬的暗號——同心圓。不過這次只剩下一圈，這樣就不能叫做同心圓了吧。

而被害者身上和現場周邊也未找到被害者的手機，以此判定手機同樣是被傑克帶走了。

「這是最後一位了嗎？」德華看著暗號，面無表情。

這次傑克不僅選擇在人口流動較頻繁的地方犯案，又毫不掩飾地將遺體暴露在大庭廣眾之下，舉止明顯更加放肆。

但有一點不得不說的是，即使如此，傑克也依舊不改謹慎的犯案態度。雖然附近的道路裝設了不少監視器，卻沒有一台是正對著這座公園的。依此判斷，傑克或許在犯案之前就已經仔細調查過適合的地點了。

另外，傑克又是用什麼方法將被害者引誘到這座公園，這點也令人好奇。

慶明下令，將周遭近期的監視畫面都檢視一遍，就算沒辦法調出傑克犯案當下的畫面，但至少有機會能找出可疑人物。

「這種人心惶惶的時期，竟然還敢把犯案地點搬到這種人口密集的住宅區，他實在是完全不怕被逮到。」慶明說的「他」指的是傑克。

「搞不好他就是利用這一點，藉著這個大家晚上都不敢出門的機會。」

被亦菲這麼一說，的確是有這種可能性。

被害者的身分確定了。江凱珍，三十三歲，女性，未婚，戶籍位於臺南市安平區。

又是三十三歲的女性——現場大部分人員都已察覺。

而還有一點也引人注目，被害者凱珍的心臟就落在遺體旁，傑克的書信也於遺體的大腿下找到，與先前的作法大為不同。

許多人的猜想是，傑克已經無法再寄送包裹了。現在不論是郵局、宅配公司或是任何有寄送業務的單位，都提起了相當重的防備心。

書信同樣以電腦列印，信封上是紅色墨水印出「*From Hell*」的字樣，意思是「來自地獄」。

真是做足了犯案的準備呢。德華心想。

鑑識組人員小心翼翼地將信封拆開，接著打開了信紙，看到了以下內容：

> 這位女孩的靈魂也讓我帶走了，留下的是與前兩位女孩一樣污濁的心，放在這裡與你們分享。
>
> 再過不久，我就會帶著我的兇刀就此長眠。

信末的「*Jack the Ripper*」又如同重鎚，深深撼動了現場所有人。

鑑識組人員動作端莊嚴謹，將此書信放入證物袋中。

「最後那是什麼意思？是覺得我們抓不到他嗎！」慶明語帶憤慨。

「也有可能是不打算再犯案的意思吧，你看，暗號只剩最後一圈了。」德華以下巴指了暗號。但願如此。聽到德華的話的人，都發自內心如此思忖。

但即使傑克沒有再犯案的打算，還是必須盡快將傑克繩之以法，不只是為了警方的面子，也為了給失去親人的家屬一個真相，親人死得不明不白，任誰都會無法接受。

亦菲很了解這種心情。

而目前警方也正積極保護瀚穎和秀晴兩位的家人，雖然不確定傑克是否會下手，但警方依然不敢掉以輕心。

不能被信件的內容影響，搜查和保護的工作還是得照平常的模式進行，不需因此有所改變。德華是這麼想的。

德華靠近涼亭，他在遺體發現者坐過的位子坐下，望著溜滑梯隔板縫隙中的遺體。

涼亭是四角形，德華在涼亭內環視四周，並未發現任何不尋常的地方，他站起身時，亦菲也走進了涼亭內。

「妳覺得怎麼樣？」德華的視線沒有轉向亦菲，而是盯著現場。想到只剩下一圈的暗號，德華心中湧起一股感慨，這起案子已經讓他看到了不少人被殘忍殺害。

「你說傑克為了讓遺體早點被發現而做的手段嗎？」

德華默不作聲，僅低下頭吐了口氣。

亦菲不解德華的反應，但也沒有開口多問。德華過了幾秒後抬起頭說。

「關於人被殺害這件事。」

亦菲原本以為德華想說的是傑克的行兇手法或殺害動機，但德華接續的話並非如此。

「或許是我們警察做久了，已經對人被殺害這種事感到麻木，看到一個人被殺害時，只是把它當作工作的一部分罷了，但以常理來說，這種事是不應該習慣的吧。」

說到這裡，德華又嘆了一口氣。

面對著他人的死亡，真的能不產生一絲憐憫或是悲傷嗎？然而，要是不拋下感情，又無法以客觀的角度辦案完成任務。

亦菲也開始思考這個問題。

亦菲一邊思考一邊於涼亭內的位子坐下，過沒多久，便聽到慶明的聲音。

「還在這裡偷懶啊。」慶明走進涼亭，以那菸酒嗓對他們喊道。

德華和亦菲重新繃緊神經，走向慶明。慶明也接著說道。

「死亡時間推估出來了，約凌晨四點左右。」

德華和亦菲以點頭表示了解。

此時，周圍已聚集了不少媒體，看熱鬧的民眾也在封鎖線外頻頻張望，平時寧靜的公園變得吵雜不堪。

# 24

江凱珍的背景一調查出來，偵查工作完全朝向了同一個方向——臺中市立大學大眾傳播系第二十五屆畢業生。

至目前的三位被害者，吳莉安、陳曼妮、江凱珍的明顯共通點就是三人都畢業於臺中市立大學的大眾傳播系，也是同屆且同班的同學。

此根據一確定，先前列出的嫌疑人只要是與該系甚至該校有所牽連，就算已經排除了犯案可能，還是將被重新調查一遍。

而現在也正與校方聯繫，為了取得其他與被害者同屆畢業的學生名單。

警方大部分人員都認為，有了這個線索，真相一定能逐漸明朗。

另外，關於被害者凱珍生前的住處，就位於北區的出租公寓，距離遇害現場只有一小段距離，與兩名女性室友同住。

凱珍從事的行業是影像相關，於一間小型廣告工作室負責後製方面的工作。

此時的專案小組已忙得不可開交，除了主要偵查傑克犯下的案件外，又要處理節外生枝的黑幫棄屍案，不時又得面對外界及媒體的壓力，成員們都已身心俱疲。

這次事件平息後，一定要好好放鬆一下，去吃點什麼好吃的，再去海邊散散步，讓海風拂去一切勞累。德華鼓勵自己，好讓自己能持續賣力工作。

然而，讓他維持動力的主要原因還是亦菲對他說過的話。

那天，公園的現場搜查結束後，德華和亦菲以同一輛偵防車回局裡，這次還是由德華駕駛。

在車上兩人並沒有談論有關案件的事，而盡是些與工作無關的話題，這些話題大致上都是由德華開啟的。

「如果是婚禮的話，妳會想要中式還是西式？」

德華會這麼問，是因為行駛的同一條路上，正好有婚禮車隊經過。他當然不會放過開啟這個話題的機會。

然而，看著婚禮車隊散發出的喜氣，與自己正在做的工作形成強烈對比，顯得格外諷刺。

「我嗎……」亦菲瞥著頭，看著一輛輛駛過的婚禮車。

她完全沒思考過這個問題，甚至連自己什麼時候會結婚都還是未知數。過了一會，她才回應德華。

「兩種好像都不錯，我也不知道哪一個比較好。」亦菲又補充，「啊，還是西式好了，一定要穿漂亮的白色婚紗。」

「果然穿上婚紗是每個女孩子的夢想啊。」德華笑道。

「當然啊。」

隨後亦菲又不禁想到，若姊姊還在世的話，會不會已經結婚了呢？她在腦中試著幻想出亦萱長大後穿上婚紗的樣子。

「那妳會想被什麼樣的方式求婚呢？」德華的笑容看起來別有意味。

「求婚喔，只要普普通通的就行了吧，簡單地收到個花束或戒指，也不用太貴，只要對方誠意十足就好了。但千萬不要是那種在大街上突然下跪，會嚇人一跳的方式，我可沒辦法忍受被那麼多目光集中。」說著，亦菲的表情有些羞澀。

德華點頭。這時候不必再說一句話，要是多說就不適氛圍了。

雖然兩人現在是前男女朋友的關係，但德華暗自打算，或許等案件告一段落後，可以向亦菲提出復合，甚至求婚。

目前已經與凱珍的父母和室友取得聯繫，由於凱珍的父母居住於臺南，專案小組已派人前往查訪，至於室友則由德華和亦菲負責，預計明天晚上前往，而其中一位室友也是與凱珍同一屆畢業於臺中市立大學大眾傳播系的學生。
德華和亦菲正在偵訊觀察室。
此時的偵訊室內，克維正親自對洪明哲進行偵訊，不只德華，大家都捏著冷汗，繃緊神經。
「你們為什麼要做這種事？」克維想大吼，但他還是壓抑下來。這是他問了第三遍同樣的問題。
洪明哲依舊沒有回應，乾瞪著克維。
克維清了喉嚨，聲音在偵訊室內產生迴響，他隨後對一旁的員警使了眼色，員警拿起對講機小聲地說了什麼後，偵訊室的錄影設備全部停止運作，僅剩下錄音功能。
克維站起身，繞過桌沿走到了洪明哲身旁。
一拳揮下，洪明哲連同椅子摔向地面。
洪明哲用手按著被打的臉頰，錯愕地望著克維那橫眉怒目的面容。
偵訊觀察室內一陣驚呼後又瞬間恢復寧靜，連時鐘指針的轉動聲都聽得一清二楚。所有人都知道，克維已經被情勢逼急導致失去了理智，這一拳包含了近期累積下來的壓力。
「你要是再不出聲，不要怪我接下來對你做出什麼事。」
克維的威嚇似乎起了點作用，洪明哲嘴唇顫抖著，看似想說些什麼卻又不敢開口，他的內心正經歷掙扎。
「我沒有那麼多時間陪你耗。」克維再次發出警告。
於是，洪明哲終於開口了。
「我們只是想警告宋志揚別再干擾我們的生意……」
宋志揚是與他們對立的黑幫幫主，就是被害者白伊琳的丈夫。

「他干擾你們什麼了？」

「他這陣子開始到我們的地盤搶生意，而且越做越過火，這很明顯就是想要吞下我們的地盤啊，要也不直接一點，用這種方式實在太小人了！」洪明哲仍坐在地上，他敘事的過程中也帶著抱怨的情緒。他所說的生意，是如販毒、高利貸、賭博和賣淫等非法事業。

「直接一點？你們是要跟他在大街上正面衝突嗎，你有膽就試試看啊！」

克維又逼近洪明哲，抬起右腳狠狠朝他的臉踹下去。

洪明哲全身貼向地面，他抬起脖子望著克維，但看來沒有要起身的意思，他的眼神透露著不服，還有畏懼。

克維怒吼道：「你做這種事就不小人了嗎？先看看你自己的行為吧！」

「這不是我的意思……」洪明哲才說到這，便驚覺說錯話，立刻止了口舌。

克維一察覺，皺起眉頭狐疑地問：「你說什麼？」

洪明哲又再度陷入沉默，別開視線，望向天花板。

雖然聽到洪明哲這麼說便能有所推測，幕後指使者是他們的幫主楊萬業，但若是由洪明哲親口脫出，便有實質依據能將楊萬業以教唆殺人罪逮補到案。

克維又用鞋跟重踩了洪明哲的臉頰，洪明哲發出如野獸般的哀嚎。

「是誰指示你們的？」克維又問道。

洪明哲依然不發一語，就在克維又向他靠近時，他才說了：「注射毒藥的人是我。」

克維冷笑了一聲。

「想要袒護自己的主子啊，了不起。」

克維現在的模樣，比黑道還像是黑道，這已經不屬於身為警察局長的威嚴了。

克維在洪明哲身旁彎下腰，拉住洪明哲的頭髮將他的臉舉到自己面前。

「這件事就暫且先放一旁，但還有一件事要問你。」

洪明哲舔了一下嘴唇，他的嘴唇正微微出血，臉頰的瘀血也漸漸顯現，他深吸一口氣，為接下的問題感到緊張。

「你們黑幫成員的資料最近有沒有外流出去？」克維的眼神變得更加銳利。

洪明哲的眼神一眼就被克維看穿，那眼神就像是在說，你怎麼會知道？

「我……」但從洪明哲口中說出的只是模糊的字句。

見洪明哲又陷入沉默，克維以眼神示意身後的員警，員警便遞了電擊棒到克維手上。

「好，我說，別再動手了。」洪明哲哀求道，同時無奈也全寫在臉上。

「你最好老實點招出來。」克維的手鬆開了洪明哲的頭髮。

「約三個月前，有人想向我們買已退出的成員的資料，而且開出了很高的價格。」洪明哲坐起身，盤起雙腿坐在地上。克維也立直身體。

「退出的成員資料？」

「就只是很簡單的資料而已，姓名、性別、年齡和當時的一些活動記錄。」

「對方是誰？」

「不知道，我們一直都是用網路聯絡的，而且是在暗網使用匿名，完全無法得知對方的真實身分，一開始我們也很懷疑，但後來怎麼看也不像是想騙人的，而且既然是退出的成員的名單，對我們也沒有什麼損失，這種錢不賺白不賺。」

「你們連一眼都沒有見過？」
「沒有，但對方好像是為了博取我們的信任，有通過一次電話。」
「聲音聽起來怎麼樣？」
洪明哲搖著頭說：「他用了變聲器，聽不出來是什麼人，但硬要說的話，給人的感覺很冷酷。」
冷酷？這說法難以斷定出什麼。
「其實，對方有要求我們不要把這件事說出來……」洪明哲道。
偵訊觀察室內又是一陣討論，此消息一出，對案情的進展確實是有很大的影響。
德華思忖，若對方真的是傑克，他一定沒有想到這個黑幫會犯下這起案子。原本只是想利用他們，現在反而被他們絆了一腳。
至於傑克為何要從前黑幫成員中挑選替他寄送包裹的對象，這點還有待思考。

## 25

洪明哲在偵訊結束後立刻被以殺人罪起訴，而蔡永福和邱品廉也被以共同正犯處理。
翌日，德華和亦菲到了凱珍生前居住的出租公寓，時間是晚上七點左右。
亦菲按下門鈴，不久後從對講機傳出的是一名女性的聲音，對方的聲音細細的。
亦菲說明來由後，公寓大門便自動解鎖。
他們爬上樓梯，一走上四樓便看到右方的鐵製大門敞開著，再看仔細一點，一名女性就站在門內探頭張望。

那名女性身型嬌小，她開口向亦菲和德華打過招呼後便讓他們進入屋內，她就是剛才為他們開啟樓下大門的女性。

「請問該怎麼稱呼妳？」亦菲問。

「我姓孫，孫柔安。」

柔安領著亦菲和德華到客廳的沙發坐下，朝著客廳後方的房間喊了一聲。

「子瑩，警察來了喔。」

「喔，等一下。」另一名女性的聲音從房內傳來。

客廳的左後方能看到兩扇房門，兩扇房門呈九十度。而右後方也有一間房間，廚房和浴室則分別在客廳的兩側。

因為客廳的沙發只有三人座的大小，柔安拉了兩張凳子到沙發對面後坐了下來。

另一名女性從客廳左後方的其中一間房間走出，身形高挑，戴著細框眼鏡，看起來很文靜，她也在德華和亦菲對面坐下。從柔安剛剛的呼喊中得知，她的名字叫子瑩。

子瑩打過招呼，四人都坐好了之後，德華便開門見山地說：「我們今天是來調查江小姐平時的狀況的，麻煩妳們配合了。」

「好的。」柔安回應。而子瑩僅點了一下頭。

德華觀察著柔安和子瑩的反應，她們大概是因為沒有像這樣被警察詢問過，顯得有些拘謹。

「妳們不需要緊張，放鬆就行了，這不是什麼審問。」德華帶著親切的微笑道，「還是我們交換一下位子好了？」

柔安和子瑩互看了一眼，搖了頭後又將視線轉回德華和亦菲。

「沒關係，就這樣坐就好了。」柔安說。

「好吧，不好意思了。」德華說，「那我就問第一個問題了。」

柔安和子瑩又以點頭回應。

德華開口時，亦菲早已準備好筆記本和原字筆，筆尖已擺在頁面上就緒。

「先從簡單的開始問起吧，聽說妳們其中一位是江小姐的大學同學，請問是哪一位？」

「是我。」回答的是柔安。

如此確認後，德華又將目標轉向子瑩。

「那請問妳們的關係是？」德華看著子瑩問。

「我們算是工作上認識的，但我是先認識柔安後才認識凱珍。因為某次工作合作需求的關係，才從柔安那邊介紹認識，之後也就變成朋友了。」

亦菲寫著筆記同時心想，剛剛到現在不怎麼開口的子瑩，回答問題時還蠻精簡詳細的。

「某次工作是指？」

「是一支廣告的案子，我主要負責平面方面。而因為凱珍他們工作室只負責動態的影像，所以有時需要平面作業的話，就會和我們工作室合作。」

「啊，我和子瑩是同一家工作室的。」柔安看了子瑩一眼，在一旁補充道。

目前沒有任何問題。

「好，我知道了。那麼接下來想問的是，就妳們了解，江小姐近期有沒有與什麼人發生過爭執或是不愉快？」

當柔安和子瑩陷入思考時，德華又補充說：「不，也不一定要近期，甚至回想到大學時期都可以。」

柔安和子瑩交互眼神，表情還是一臉困惑。

「最近的話倒是沒有。」柔安在一陣猶豫後才開口回答。

子瑩也附和了柔安。

「這麼回答的意思是，以前有嘍？」德華抓住了柔安話中的突破點，但他還是保持輕鬆的態度問道。

「不，不是這個意思，其實我是畢業好幾年後才在職場上跟凱珍熟識的，以前雖然是同一個班級，但我們沒什麼交集，頂多只有看到對方會打招呼而已，所以要問我這方面的問題，我也不知道該怎麼回答才好。」

「原來啊，所以在這之前妳也沒有聽江小姐提起過這類的事嘍？」

「對啊。」

「妳也是嗎？」德華看著子瑩問。

「嗯。」

德華心中不免產生些失望，既然如此，這個問題再追問下去也沒什麼太大的意義。

正當德華想再開口問其他問題時，柔安搶先發言。

「那個……我可以問到底發生了什麼事嗎？雖然已經從新聞上看過一些消息了，但是……」柔安心中帶著不安。

「這個嘛，妳是想問哪方面的事？」

「我也不太清楚該怎麼說，就覺得整件事都很莫名其妙，為什麼好端端一個人就這樣不明不白的被殺。」

德華沉默了半晌，像是在思考什麼，吁了一口氣之後開口道。

「那我簡單說好了，目前的情況是，從八月底至今，陸續有三名女性遭到殺害，我想這點妳們應該已經知道了，而目前警方沒有對外透露的是，兇手在案發現場都留下了暗號。另外，前兩名被害者沒有明顯結仇的對象，更沒有什麼引來殺生之禍的理由，為什麼這三名女性會成為兇手下手的對象，關於這點我們也很懊惱，目前還沒有明確的答案，非常抱歉。」

說到這裡時，亦菲以眼神示意德華，這些講出來沒有關係嗎？

德華則以點頭回應亦菲便繼續說了下去。

「但是我們調查了這三名女性的共通點及身世背景，我們發現，這三名女性都畢業於同一所大學，不僅如此，連畢業的系別和年份都一模一樣。」

柔安並沒有露出不可置信的神情，雖然此消息也未對外透露，但從先前報導的被害者身分來看，柔安也大概能知道這點，畢竟那些都是與她同系的同學。

「所以我想問問妳，關於這點妳有什麼想法？」德華接著又拿出三張相片擺在柔安和子瑩面前，分別是三次在現場留下的暗號，「這些就是我剛剛說的暗號，妳們有沒有在什麼地方看過這些圖案？」

「我有什麼想法嗎……」柔安托著腮，面色凝重，「說得自私一點，得知這個共通點後，我比較害怕的是自己會不會也遇到什麼事，根本沒餘力再去多想些什麼。」

子瑩在一旁聽著，面色也跟著凝重。

柔安繼續道：「我現在知道的只有，她們三個人在大學時期是很好的朋友，經常走在一起。然後，暗號的話，沒有什麼印象。」

柔安望向子瑩，她也想看看子瑩對暗號的反應，而子瑩也只是搖了搖頭。

「這些是倒數的意思嗎？」子瑩問。

「我們也是這麼認為。」德華收起暗號的相片，同時對子瑩的敏銳度感到佩服。

「其實……」柔安又主動開口，「凱珍之前看到新聞的時候非常驚訝，她還在電視前呆滯了好長一段時間。」柔安指的是莉安和曼妮遇害的新聞，「那幾天她的臉色也都很不好。」

「既然是江小姐的好朋友，為什麼她不來向警方提供情報或請求幫助呢？」德華這麼說並沒有要責備的意思。

「因為她說她和那兩個女生在畢業後一段時間就很少聯繫了，也不知道能不能幫上忙。」

亦菲暗忖，要是當初凱珍有來投靠警方，就不會演變成今天這種情況了。

「她們不是好朋友嗎？既然是好朋友，畢業後應該還是會保持聯繫吧。」

「我也有這麼問過她，她說是因為大四時跟她們吵架了。」

「吵架？」

「對，她說是在做畢業專題時，她們意見不合導致起了很大的紛爭，從那次之後就算見面也不會打招呼了。她還說，現在回想起來還蠻後悔的。」

「後悔是指？」

「就是後悔因為這種事失去了曾經要好的朋友。」

「唉，這想必也無可奈何吧。」德華僅以此回應，他不方便也沒必要為此事多做評斷。

「嗯……」

德華緊接著說：「接著想請問的是，在前一陣子，妳們有注意到江小姐有與什麼可疑的人聯絡或是不尋常的舉動嗎？」

柔安皺起眉頭，一陣沉思後說：「我是沒有看過。」

「我也沒有。」子瑩也是相同的表情。

德華點了下頭，又拿出一張相片遞到柔安和子瑩面前，隨後問道：「妳們知道這個人嗎？」

柔安和子瑩都有些反應，她們互看了一眼後由柔安先開口。

「他就是和前兩位被害女生關係匪淺的那個男生吧，我們有在新聞看過。」

「除了新聞呢？有在哪見過他嗎？」

柔安和子瑩這時卻同時搖頭。

德華泰然地說：「好吧。」

柔安又以急促的口氣接著補充：「凱珍有說過，她也不認識那個男生。」

德華伸展了筋骨之後站了起來。

「我知道了，今天謝謝妳們，要是之後有需要，我們可能會再過來拜訪，到時候再請妳們多指教，在那之前，若妳們有想到什麼或有什麼需要也可以與我們聯絡。」德華向柔安和子瑩兩人都留下了他的聯絡方式。

最後，德華要求查看凱珍的房間，就是在客廳右後方那間，並在沒有發現不尋常之處的結果之下結束了訪查。

上車之前，德華問了亦菲：「頭痛的問題還好嗎？」

「這幾天頻率好像有少一點了。」亦菲帶著微笑回應。

# 26

雙十節剛過，亦菲結束了短暫的休息時光。

距離第三名被害者凱珍遇害已將近兩個禮拜，這段時間他們查訪過上百人，其中包含臺中市立大學大眾傳播系第二十五屆畢業生，以及該系所有教職員，卻都一無所獲，而先前重新調查的對象也依舊是同樣結果。

現場採集到的毛髮也全部化驗完成，比起先前的案件，這次採集到的數量極為龐大。但要說收穫的話，一樣令人失望。

至於三名被害者的交際圈方面，不管問了她們多熟識的友人或是親戚，都沒有人能提出她們為何會遭到殺害的可能原因或是可疑對象，而問到莉安的某位女性友人時，她甚至堅決絕不會有人想要對莉安下毒手。既然如此，她們遇害的理由到底為何？

這個問題一直得不到答案。

而在某次的會議上，德華提出了一項令大家都意想不到的說法。

「傑克的身分，會不會其實與三名被害者都沒什麼關聯？」

這個說法掀起了專案小組內熱烈的討論聲，有不少人跳出來贊同德華的說法，其中最大的原因免不了是，一直以來都在針對被害者周邊進行調查，卻始終沒有令人滿意的成果。

難道傑克會是與她們三人毫無相關的人物嗎？

若真是如此，這將會顛覆至今的所有思考模式和偵辦方向。

但是，表示反駁的人也不在少數。若傑克與三名被害者毫無關係，他的動機就只剩下隨機殺人，但就隨機殺人來說，他挑的對象會不會太過巧合？再者，傑克留下的書信當中，也表現出了對被害者的怨恨。

雖然雙方意見僵持，目前卻也沒有人能明確定下結論。

另外，科技犯罪偵查隊的成員也調查了黑幫當時與傑克聯絡的電腦及利用的網站，就算復原了部分刪除的資料，還是無法追蹤到傑克的位置，算是白忙了一場。

亦菲忍不住感嘆。

「這案子不知道會拖到什麼時候啊。」

德華披上事先準備的薄外套，走向海邊，泰然地回應亦菲。

「放心吧，不會拖太久的。」

「你怎麼能確定？」

德華停下腳步回頭望向亦菲，他什麼話也沒說，亦菲便只能乾瞪著他，兩人如同木頭人一般。

突然，德華退至亦菲身旁，以手勢示意她一起走向海邊。

「都出來散心了，就別再想工作的事了。」

這裡是大安區的海水浴場，從市區到這裡的車程需要約一個小時。他們趁著休假到這裡紓解工作壓力。當然，是德華提議的。

亦菲配合德華的腳步在沙灘上停下，他們還穿著布鞋，並不打算再向前踏浪。

海風狠狠吹來，為了不讓頭髮被吹得亂七八糟，亦菲綁起馬尾，僅剩瀏海迎風飄逸。

被染成橘黃色的雲彩隨著東北風飄過，海面反射了餘暉並隨著海流閃爍。德華計算的時間剛剛好，他就是想帶亦菲來看這裡的暮色。

白天的時候，他們在離這裡不遠的牧場轉悠，那裡有很多羊駝，也有不少種類的動物，就像是個小型動物園。

「我們要不要去那裡看看？」亦菲指著不遠處的木造步道，那座步道橫跨過沙灘和海的交界，若是走到底端便能身處海面上方。

「好啊，那裡視野應該不錯。」

他們走向那木造步道。

看著逐漸下沉的夕日，德華替亦菲拍了幾張照。

「你拍照技術很差欸！」看到德華拍的照片時，亦非忍不住說。

「有嗎。」看著自己拍的照片，德華也說不出任何反駁的話。

相片中，海面反射著夕陽餘暉，亦菲只有肩膀以上的部位出現在相片的右下角，就像是按下快門的瞬間不小心路過的感覺。

「雖然我也不太會拍照，但一看就知道拍得很爛。」亦菲毫無修飾地將心裡話說了出來，但她並沒有因為相片拍得不好而產生情緒。

「那也沒辦法啊，我盡力了。」

「算了啦，有拍到照就好了。」亦菲看著眼前的景色，內心得到了療癒，心情也跟著放鬆許多，「好久沒這樣出來走走了。」

「的確很久沒像這樣散心了，感覺還不錯吧。」

「嗯。真想讓詠蓁也看看。」

「詠蓁？妳的朋友嗎？」這是德華第一次從亦菲口中聽到這個名字。

「對啊。她是個性格大方卻也很溫柔的女孩，上次去看醫生就是她陪我一起去的。」提起詠蓁時，亦菲有種以擁有這個朋友為傲的感覺，「有機會再介紹給你認識。」

「嗯，好啊。」德華說完，撇了頭像是在思考著什麼。

「怎麼了嗎？」

「不，沒事。」德華內心其實想說，我認識妳就夠了。但這種氛圍下好像不太合適說這種玩笑話。要是他們現在還處於交往的狀態，德華一定會毫不猶豫地舉起手臂摟住亦菲的肩膀。

德華回想起與亦菲交往過程中最怦然心動的那段期間。那是在他們上一次合作時。

他們上一次搭擋合作，也是第一次搭擋的時候，是負責偵辦一起租屋處的命案，該屋主獨自陳屍在屋內，直到晚上外傭回到屋內時才發現遺體。

該屋主是五十三歲的男子，陳屍於臥室。胸口、腹部及手臂帶著多處刀傷倒臥在血泊之中。當天下午四點左右，鄰居有聽到爭吵聲，研判就是當時遇害，而家屬也透露，當天有一名男子預約被害者看房，警方懷疑就是該名男子所為。

經過連夜搜查，好不容易確定了嫌疑犯的身分，並在嫌疑犯的住處發現兇刀及沾上血漬的衣物，血液送驗後，的確與被害屋主的血液吻合。

嫌犯的住處中未找到任何財物或隨身用品，部分衣物也被帶走，八成是潛逃至他處。

當時德華依據四處蒐集到的情報，準確推理出犯人藏身的地點，從案發到將犯人逮補，僅花了五十小時左右。

或許就是因為共事，即使時間不長，兩人共患難的感情促使愛情急速升溫。然而，現在同樣與亦菲共事的德華，心情只多了一分苦澀。

眼前僅剩下薄暮，視線的辨識度已逐漸降低，人潮隨之散去。霎時間，周圍只剩下德華和亦菲兩人。

德華跳上了圍欄坐在上面。

「妳要上來嗎？」德華伸出手。

亦菲抓住德華的手，坐上了圍欄。

海風已沒有像剛剛那麼強烈，只是輕輕拂過，對現在的季節來說感覺相當舒適。

亦菲望向正下方的海面，不禁脫口說：「哇！好高喔！」

「會怕嗎？」德華微笑道，這微笑帶著點嘲笑的意味。

「才不會。」亦菲語氣堅定地說。

「別掉下去啊！」

「如果我真的掉下去的話……」

亦菲華還沒說完，德華就先搶著說：「那我只好自己開車回去了。」

亦菲擺出不滿意的面容，挑起眉看向德華。

德華以敷衍的笑容回應，「呼」地一聲跳下圍欄，接著用雙手摟住亦菲的腰並發出吼聲。

亦菲驚嚇時隨即也跳下了圍欄，緊緊抓住了德華的手臂。

「你幹嘛啦！」亦菲生氣地說，但多半是撒嬌的口吻。

德華忍不住大笑，宏亮的笑聲傳向四周。等他再次與亦菲對上眼時，他收起笑容對著亦菲說。

「妳要是掉下去，我就跟著跳下去。」

亦菲直視德華的眼神，不知怎麼地，她覺得此時海風吹起來是暖的，且有種令人懷念的感覺。

時間不知道過了多久，等亦菲回過神來時，她已和德華並肩走在回停車場的路上，她的心還沈浸在剛才的氛圍。

應該再和他試試看嗎？亦菲思忖的同時，卻也擔心自己像以前一樣無法好好經營兩人的感情，一但過了一段時間，自己又會完全專注在工作上，最後只是浪費德華的時間和感情。

天色已完全黯淡，他們走上防波堤，看見遠處停車場只剩下他們的車。

「等一下。」亦菲突然停下腳步說。

「怎麼了？」德華問。

亦菲轉過身面向海面，她伸展了身體之後倏地就地而坐。

「你也坐下吧。」

德華配合著亦菲。

「還不想回去嗎？」

「嗯，我想再待一下。」說完，亦菲又躺了下來。

德華也照做，躺在亦菲的身邊。

「我一直想像這樣躺在海邊試試看。」亦菲說。

於是德華抬起手臂，對亦菲道：「那我的手借妳當枕頭吧。」

起初亦菲還不太好意思，沒多想便脫口說。

「沒關係啦，這樣你的手會酸。」

「妳不用擔心，我酸了自己會說。」德華表現得有些霸道。

亦菲被簡單地說服後，抬起脖子讓德華的手臂放至她後腦杓下方。

德華的手臂承受著亦菲頭部的重量，他仰望著天空默默心想，要是現在能有幾顆流星劃過，一切就完美了。

亦菲閉上眼睛，靜靜地感受海風和德華的呼吸。

半晌，亦菲又開口說：「好像有點冷欸。」

德華二話不說地將自己的外套蓋在亦菲身上。

亦菲感受到一股安全感將自己罩住，再度安心地閉上雙眼。

# 27

那件事還是被查出來了。

其實原本早有人已查出此事並將此上報，但由於克維主張與主案情無關便暫且壓了下來。

第二位被害者曼妮在大學時期，也就是十三年前，她所借住的日式公寓曾發生一起四命慘案。

當此事公諸於專案小組時，亦菲自然受到許多目光，其中有對亦菲的憐憫，卻也有責備。責備的部分是，為何當初不早點將這件事說出來。

雖然如此，專案小組內並沒有人對此發表直接的言論，大多是交頭接耳這類的暗中交談。

克維之所以將此事壓下，是因為他不願再提起當年犯下的失誤。

十三年前，那位奪去四條性命的惡劣父親在犯案後駕車竄逃，當時負責指揮追捕的正是正擔任轄區分局長的克維。

為了不在大街上波及到無辜民眾，克維計畫將犯人逼至港邊，沿路部署警車攔截，犯人也如預期照著克維所預想的路線行進，在到港口前計畫都相當順利。

然而，令克維意想不到的是，犯人到港邊時不但沒有踩一點煞車，還加速衝進了海中。此計畫以失敗收場。

那天之後，再也沒有找到那位惡劣父親的蹤跡。

而此事不得不再重新挖出來討論，其原因連克維也無法再度壓下。

——出現了疑似那位惡劣父親的下落。

「十三年前的……怎麼在這種時候……」克維難得表現得如此失措，他不停眨著雙眼，又不斷搖頭、嘖舌。

那位惡劣父親名叫徐志明，雖然說發現了他的下落，但並非他本人的身影，而是疑似他留下的書信。

一組偵查員到了那棟日式公寓視察，原本只是抱著隨意的心態，想說查不到什麼也無所謂，反正與案情有關，就當作是來打混摸魚。

沒想到，他們到了當年徐志明所住的那一戶門前時，發現一封夾在窗戶鐵框中的信件。

信封的外觀看起來非常新，沾染上的灰塵與鐵框上的完全不成比例，就像是最近才放上去的。而令他們驚訝的是，這信封上以電腦列印著「非罪」的字樣，不論字體、大小、顏色或是位置，都與傑克使用的極為相像。

其中一名偵查員戴上手套，當場將信封妥善放入證物袋，帶回警局。

回到警局後，偵查員們一起看著信件內容，他瞪大雙眼，全身起雞皮疙瘩。

信件內文是以電腦字體列印的，內容如下：

我所做的事並不是犯罪，我只是將十三年前該死卻沒死成的傢伙送往地獄而已。

二十一世紀的開膛手傑克之名，將在歷史上永遠流傳。

信末沒有任何署名。

「他還活著嗎!?」

聽到這個消息的偵查員，大多都一臉難以置信地問了這個問題。

專案小組辦公室內成了一片混亂，現在不是會議時間，但討論的熱烈度卻比會議還要高漲。

亦菲和德華也在辦公室內聽著來自各方的聲音。

「所以說他就是傑克嗎？」

「這十三年來他到底是躲在哪裡生活的？」

「如果他是傑克，他對那些被害者到底有多深的怨恨啊？」

這些問題亦菲和德華也很想知道，或許下次會議會一併搬出來討論。

而亦菲也開始感到不安，因為自己也是十三年前那起事件的生還者。

雖然目前還沒有實質證據能證明那封信就是徐志明本人寫下，也無法證明他就是傑克，但有一項關於他的背景，也令偵查員們不得不將他與案情聯想起來。

徐志明有外科醫生的經驗。

外科醫生這幾個字刻在德華的腦中，若他曾當過外科醫生，以那種手法犯案並不是難事。

然而，徐志明擔任外科醫生的工作僅維持了兩、三年，據說是因為壓力過大而辭職，之後便到營養食品公司擔任普通員工。

徐志明，男性，於四十二歲那年落海後下落不明，若現在還在世的話就是五十五歲。已婚，並曾育有一子，妻子與七歲的兒子都於他的毒手下身亡。

各處又重新翻出徐志明的資料並深入調查，找到了幾位曾與徐志明有交集的人物，其中包含他過去的同事和親戚。

而發現名為《非罪》那封書信後的這段期間，警方加派了不少人力調查，尤其是那棟日式舊公寓周遭，大批偵查員正積極對附近的鄰居和店家走訪調查，要是從旁觀的角度來看，一定會覺得是什麼通緝要犯藏身在附近。

德華和亦菲被指派查訪徐志明的某位親戚，主要是因為亦菲不想到那公寓附近，免得觸景傷情，這也得到了上頭的同意和體諒。

話說回來，亦菲本身也與徐志明有過接觸，因此對案情來說也算是有參考價值的對象。她在上次報告中提出了以前對徐志明的印象。

亦菲表示，在她小學時期，徐志明對她來說就只是個普通的鄰居叔叔，家庭狀況似乎也看不出問題，要是見到面，徐志明還會親切地以「小美女」來稱呼亦菲和她姊姊亦萱。但是到了亦菲念國中後，徐志明完全變了一個人，不僅見面不會打招呼，還成天愁眉不展。

亦菲記得，某次她和亦萱放學回家時，見到徐志明的兒子正在公寓走廊玩皮球，徐志明的兒子看上去就是個活潑開朗的正常小男孩，當小男孩向亦菲她們說「姊姊我們來玩球」的時候，鐵門碰地一聲，徐志明從屋內走出，粗魯地將小男孩抓回屋內，並說：「咚咚咚地吵死了，玩什麼破皮球！」

那時亦菲也才體認到，一個人是可以有很多種面貌的。

德華和亦菲走進南屯區的某棟住宅大樓，他們與管理員溝通後走上樓梯，在三樓的某戶門前確認並按下了電鈴。這棟住宅大樓看起來略顯氣派，由此可知屋主的生活條件應該都不差。前來應門的是位看起來五十歲後半的男子，身型臃腫，銀白色的頭髮微禿。

「哪位？」

「請問能否讓我們打擾一下？」德華出示刑警證說。

得知對方是警察後，男子立刻擺出厭煩的表情。

「只要一下子就好了。」德華試圖說服眼前這位似乎不太歡迎他們的中年大叔。

男子猶豫片刻後，才移動了他的身軀，讓出他人足以進門的空間。

「好啦，不要太久。」

「打擾了。」

德華和亦菲走進門，室內洋溢著歐式氣息，裝潢別緻。男子讓他們到沙發坐下，自己則坐在一旁的畫架前。畫架上是一幅未完成的水彩畫，眼前的牆邊靠著一束鮮紅的玫瑰。

「您是畫家嗎？」

「不是，只是興趣而已。」

這是德華無聊故意問的，在這之前他們早已調查過這位男子的資訊。他叫做張維哲，五十八歲，職業是某知名電子公司的主管，雖然未婚，但據說有位小他二十多歲的女友。

「那為了不打擾你太多時間，我們就直接進入正題了，你是徐志明的表哥張維哲先生，對吧？」

「對。」

「那麼接下來想問你的是——」德華說到這，硬生生地被維哲打斷。

「我先說喔，我是他的表哥沒有錯，但他的行為跟我一點關係也沒有，而且我跟他也不熟，他的事都是從其他親戚那聽來的。」維哲語氣強烈地發了聲明。

「這我們知道，你不需要負任何責任，只要配合我們的詢問就行了。」德華並沒有因為話被打斷就亂了步調，也沒有表現出一絲情緒，他繼續說道。

「請問就你的印象來看，徐志明是個怎麼樣的人？」

「這個問題十幾年前警察就問過我了，你們怎麼老愛每次派不同的人來問同樣的問題啊，這樣搞不累嗎。」維哲顯得有些不耐煩，他停下在作畫的手，將水彩筆甩入掛在畫架上的洗筆袋。

「抱歉，因為要重新調查，且必須再次確認情報正確性的關係，必須再麻煩你一次。」

根本沒必要跟這種傢伙說抱歉啊！亦菲在內心暗自為德華抱不平。

亦菲看了覺得不是滋味，雖然以前也查訪過許多態度差勁的對象，但這次就是有點無法忍受，她實在看不慣這種自以為高尚的人。

維哲嘆了口氣後說：「他就是個沒救的東西啦！」

「能說得具體一點嗎？」

「我再次重申，他的事都是我從其他親戚那聽來的。」維哲的態度明顯是想與徐志明撇清關係，一副不想惹麻煩上身的樣子。

「我知道了，那待會再麻煩你給我們你所說的其他親戚的聯絡方式。」

維哲無奈地點頭後終於說了。

「徐志明那個人感覺就是平時很愛裝大方，但真的遇到事情時就畏縮得跟隻蟲一樣，他就是因為這樣醫生才做不久啦，而且他又是獨子，從小就被寵大。」維哲邊說邊搖著頭，「我記得他醫學院也是熬了很久才畢業。」

「簡單來說，他就是個無法獨立自主，無法面對壓力的人嘍？」

「對。」

「那關於他外科醫生只做了兩、三年，你知道是為什麼嗎？」

「哪有什麼為什麼，他就是面對不了壓力啊，聽說是在工作時犯了什麼錯被罵到臭頭，自己辭職了。」

「辭職之後呢？」

「辭職之後啊……」維哲站起身，大搖大擺地走向廚房，他拿了一瓶啤酒回來後才繼續說，「到了一家小公司上班，好像是賣什麼營養食品的。」

「他具體上是做什麼樣的職務呢？」

「這我不知道，反正一定是底層員工。」維哲帶著點輕視地說。

德華點頭。這也是為什麼徐志明有醫學背景，卻過著收入不豐厚，普通再不過的生活。舊資料記載，徐志明的妻子是在相親上認識，因為來自雙方長輩的壓力才會促成婚姻。而他的妻子因為當時也有工作，並不會有家計上的困難，直到徐志明被裁員後，拿著妻子賺的錢去賭博才會造成他窮困潦倒。

「那麼，你最後一次與他接觸是什麼時候？」

維哲喝下啤酒，打了聲嗝說：「這種事我哪記得啊，你不想想都過多久了。」

「所以說最近你也沒有接收到關於他的任何消息嗎？」

維哲似乎沒看出德華這麼問別有意味。

「當然沒有，唯一有的就是你們警察。」維哲的話背後透露著「就只有你們來打擾我」的含義。

「是嗎，那麼，最後有件事想請問你。」

維哲聽到「最後」兩個字時，鬆一口氣的表情毫不掩飾地表現在德華和亦菲面前。他隨即問。

「什麼事？」

「你知道最近的開膛手傑克連續殺人案吧？」

「知道。」

「你覺得這起案件和徐志明會不會有什麼關係？」

維哲一副莫名其妙，他蹙起眉說：「我哪會知道啊。」

「我知道了，今天感謝你的配合。」

德華和亦菲從沙發起身，維哲看起來沒有要送他們離開的意思，他們便逕自走向門口。

德華在握住門把後，又回頭對維哲說：「案件的兇手，有可能是徐志明喔。」

維哲沒有太大反應，也未質疑徐志明的存活。

「那也不關我的事。」

## 28

幾乎沒有人在這陣子進出那棟日式舊公寓，有的話也都是刑警。總結附近居民和店家的供述，只得到以上結論。

亦菲一個人在警局附近的中式餐廳吃午餐，一邊看著電視播送的新聞，新聞上播報著警方對媒體發出的消息，畫面是舊公寓的外觀。

「自稱開膛手傑克的連續殺人案兇手，疑似是十三年前犯下四命命案的徐志明，據警方消息指出，目前掌握了一項可疑證物，正在積極調查當中，而因為這件事的發生，各單位也開始討論十三年前徐志明墜海後存活的可能性……」

新聞中所說的那項可疑證物，就是在舊公寓發現的信件。報導中並未詳細交代。

據其他刑警的調查，徐志明的其他親戚都表示與他不怎麼熟絡，但大多數其實只是想撇清關係，真正有參考價值的線索屈指可數。

而徐志明年邁的父母聽到這個消息時，完全把重點擺在徐志明是否真的還活著這件事上，不斷要求要見兒子，實在難以溝通，到最後反而還演變成安撫他父母的戲碼。

同事方面，大多數人都如同徐志明的表哥維哲所表示，他平時的確很愛裝大方，但沒什麼抗壓性，工作效率在平均來說也算是偏低，另外，職場上也沒有特別要好的朋友。

從警方的角度來看，徐志明犯下此連續殺人案的動機也難以捉摸，完全找不到他和吳莉安、江凱珍的交集點，而和陳曼妮的關係，也僅有曾為同一棟公寓的住戶這點而已。就這種關係來說，能有何深仇大恨？

在這十三年來，徐志明又是如何隱藏著自己的身分生活直到現在？

亦菲咬了一口小籠包，肉汁的香氣在她口中飄散開。

她觀察四周同樣也在用餐的客人，店內約七成滿，注意與沒在注意新聞的大概各佔一半。

過沒多久，新聞便切換到下一則酒駕肇事的報導。

「又是酒駕啊！」隔壁桌的女子大聲感嘆，亦菲聽得一清二楚。

女子看起來約二十五歲左右，身上散發著一股文藝的氣息，而她對面坐著一名男子，外表與她年齡相仿，打扮樸素。從他們的互動看不出來是什麼關係。

「最近這種新聞還真是多。」男子回應。

新聞報導出該酒駕造成一死一重傷，女子注視著電視，同時憤慨地說道：「要是這社會再不改善，人永遠都死不完。」

「唉，能怎麼改善呢，會殺人的依舊會殺人，會酒駕的依舊會酒駕。」男子一副事不關己。

「我就不相信把刑罰加重，還會有那麼多人敢犯法。」女子的態度強硬。

「但我覺得通常會去殺人的人，已經不會在乎刑罰這種東西了。」男子邊吃下一口炒飯邊說，「加重刑罰或許只對酒駕有一點用吧，畢竟狀況不太一樣。」

對於男子的反駁，女子明顯感到不快，她也不甘示弱地回應：「不管怎麼樣啦，就算殺人案和酒駕的狀況不一樣，但被害者的家庭同樣都是在一夕之間被破壞了啊！」

亦菲又想起了姊姊亦萱，假如亦萱是被酒駕撞死的話，應該也會是相同程度的悲傷吧。

男子見女子情緒更加激動，試圖安撫。

「好啦好啦，我沒有要找妳吵架的意思，冷靜點。」男子的表情尷尬。

「總之已經死去的親人是回不來了，那種傷痛是永遠也填不平的。」

不知道為什麼，聽到這句話時的亦菲感覺到內心被狠狠地重捶。她看著自己右手手腕上的手環，然後用左手握住了它。

「好好好，我知道。」男子說完，便轉移了話題，「我們今天是來挑爸的生日禮物的，就不要聊這種令人難過話題了。」

這時，亦菲才知道他們兩人的關係。
亦菲又將注意力轉回電視上，這時在報導的是某項法條修改的爭議問題。
雖然說新聞接連報導著不同事件，但開膛手傑克連續殺人案的訊息仍以小畫面在角落不斷輪替播送，由此可看出至今仍關注此事的民眾並不少。
當小畫面中出現那棟日式舊公寓的空景時，亦菲突然感到一陣不適，腦中浮現出十三年前那天的景象……
徐志明握著沾滿鮮血的西瓜刀一步步逼近亦萱，亦萱卻一動也不動。
快點過來！快點過來！亦菲在心中吶喊著。
亦菲站在亦萱和電梯間的走廊上，想要求救，周圍卻沒有任何人。
這時，電梯的開門聲從背後傳來，亦菲回頭一望。
電梯內站著三名女子，表情慌張地望著亦菲、亦萱和徐志明。
沈睡在亦菲腦中的記憶伴隨著頭痛甦醒過來……
那三名女子，分別是吳莉安、陳曼妮和江凱珍。

# 29

明明才下午三點，天色就已黯淡無光，還好一走進百貨公司眼前又是一片光鮮亮麗。
德華獨自位於臺中火車站附近的百貨公司內，他穿越一樓的化妝品區，直接搭了手扶梯上二樓。

琳瑯滿目的精品和珠寶專櫃映入眼簾，德華先掃視四周一遍，接著漫步在樓層中物色理想的商品樣式。

德華在某家專櫃前停下，注視著玻璃櫥櫃中的戒指。

專櫃小姐注意到了德華，她對德華微笑，同時走了過來。

「要找什麼樣式的飾品嗎？」

德華也以笑容回應，但說實話，櫥窗中的戒指都還未達到德華滿意的條件。

「只是看看而已。」

「需要為您做介紹嗎？」專櫃小姐熱心地問。

「沒關係，我自己看看就好了。」說完，為了不太失禮，德華又看了幾秒後才轉身離開。

說是未達到滿意的條件，但德華也沒有一個明確的標準，一切只是照感覺行事罷了。要是有中意的戒指出現，他打算立刻買下來。

逛了幾家專櫃和店面後，確實有幾種樣式令德華產生些許心動，但又感覺少了點什麼，他將那些樣式列入考慮，並記下了店家的名稱和位置。

邊走邊猶豫的同時，德華又在某家專櫃前停下腳步，他凝視著玻璃櫥櫃中的某只戒指，那是一枚鑽石戒指，設計不會太過華麗，僅用了簡單的刻紋點綴，卻不失美觀，很適合亦菲樸素的感覺。

就是它了。

才想說要呼喊專櫃小姐，一名專櫃小姐便走了過來。

「您好。」專櫃小姐向德華招呼。

「可以讓我看一下這個嗎？」德華指著玻璃櫥櫃中那枚他看上的戒指。

「可以呀。」專櫃小姐戴起手套，取出那枚戒指並遞給德華。

德華小心翼翼地拿在手上端詳，戒指更靠近眼前時，鑽石的光澤顯得更絢麗動人。他對鑽石這種東西其實沒什麼深入的研究，也無法分辨品質及真假。他暗忖，要是自己待過鑑識科就好了。

不過鑽石的真偽應該不需要懷疑，他也相信自己的直覺，亦菲一定會喜歡。

「怎麼樣？還喜歡嗎？」專櫃小姐始終帶著親切的微笑。

「嗯，非常不錯！」德華真誠地說。他將戒指交還給專櫃小姐，「這個多少錢？」

專櫃小姐收下戒指後說：「這個七萬九喔。」

七萬九對德華來說完全沒有問題，但他聽到這個數字時還是有點嚇了一跳。

「好，那就買這個了。」德華果決地說。

「好的，那麼尺寸呢？」

被這麼問到時，德華整個人愣住，他完全忘記了這個問題。於是他仔細回想與亦菲牽手時的感覺。

「大概是……這樣吧。」德華用大拇指和食指圍出一個圓圈，對著專櫃小姐尷尬地笑著。

但那樣根本難以判斷，專櫃小姐露出了有點為難的表情。

「那我拿幾個尺寸出來讓您看看好嗎？還是說您想要下次確定後再來？」

就算想要確定亦菲手指的尺寸，德華也無法直接問亦菲本人，他本來就是想給亦菲一個驚喜。

雖然這件事還不急，也不知道案件什麼時候會告一段落，是有充裕的時間讓他調查亦菲手指的尺寸的，但他就是想在今天將戒指買下，一旦這個衝動沒了，下次就不知道什麼時候會再來這裡。重點是，他很確定自己對亦菲的心意，即使曾經分手過一次，他還是暗自發誓重新找回亦菲的心。

「讓我比較幾個尺寸看看好了。」

聽到德華的要求，專櫃小姐請德華稍等片刻，半晌後便在玻璃櫥櫃上排列出五種不同尺寸的戒指。

「您看看大概是哪一個尺寸。」

德華仔細看了那五枚戒指，隨後問道：「可以拿起來看看嗎？」

經過專櫃小姐的同意後，德華先拿起放在中間那枚，接著一一審視。

「是要送女朋友的嗎？」看著德華認真的模樣，專櫃小姐問道。

「是要求婚的。」德華露出了一絲靦腆的微笑。

「求婚啊，真羨慕欸，要是我被求婚的話，也會想要收到這一款戒指喔。」專櫃小姐的語氣真誠，看不出來是否是為了行銷才這麼說的。

德華也不知該如何回應，他邊瞧著各個尺寸的戒指邊說：「是嗎，那非得買這個戒指不可了。」

「什麼時候要求婚啊？」專櫃小姐以親和的態度問，或許這就是她們與客人拉近距離的一種方式。

「這個嘛……現在還不確定。」

專櫃小姐點了幾下頭，禮貌性地不再多問。

接著，德華拿起了五枚中的其中一枚戒指給專櫃小姐說：「就這個了。」

「四號半的嗎，好的。」

決定了尺寸後，德華以信用卡結帳，專櫃小姐便替德華處理包裝及交易等程序，過程攏長，耗費了不少時間。

求婚戒指順利買到手，德華帶著輕鬆愉悅的心情走出百貨公司，天色依舊，甚至下起了毛毛雨。

走出百貨公司沒多久，德華原本想去附近的咖啡廳喝杯咖啡，他卻突然接到亦菲打來的電話。

「喂。」德華邊走邊對著手機話筒說。

另一頭傳來了亦菲的聲音，聽起來相當虛弱，且發出微微呻吟。

「救……我……」

# 30

這是德華第一次踏進亦菲的住處，簡易的單人套房中沒有多餘的佈置，但還看得出來是女生的房間。先前交往時，德華頂多是送亦菲回家時到過樓下。

亦菲坐在床上，雙腿蓋著棉被，兩手捧著茶杯一口一口喝下熱蘋果茶，那是德華為她準備的。

「好一點了嗎？」德華坐在一旁的小沙發上說。

「嗯，好很多了，謝謝。」

接近傍晚時，亦菲就坐在德華現在坐的位置看著小說，原本一直沒什麼異狀發生，就在看了半小時左右，她突然感到劇烈頭痛，當她起身想要拿放在書桌上的止痛藥時，腳步一不穩便摔倒在地。她已失去再度起身的力氣，疼痛逐漸奪走意識，費了剩下的力氣才好不容易拿起手機連絡上德華。

德華在接到電話後連忙叫了計程車趕到亦菲的住處，電話中，亦菲喊完一聲救命後便沒有再發出任何聲音。德華讓手機保持通話，他在亦菲住處樓下按了電鈴，並在話筒中聽到自己按的電鈴聲後，確定了亦菲在家才稍微感到安心。德華不敢將手機離開耳邊，他又接連按了好幾下電鈴，甚至驚動到附近的鄰居。

德華在原地躊躇，過了十分鐘左右才聽到話筒中傳來亦菲的聲音。亦菲口齒含糊，聽起來就像剛睡醒，過了一會兒才替德華開門。見到亦菲時，亦菲的氣色宛如死灰。

「不過妳喊救命也太誇張了吧！」德華忍不住抱怨。但這是來自他於對亦菲的擔心，亦菲也知道這一點。

「因為那時候真的很緊張嘛。」亦菲撒嬌般地說，「以前根本沒有這樣過。」

看著亦菲的樣子，德華也不忍心再多責備什麼，他轉變為溫柔的態度說：「要不要再去看一次醫生啊？」

「可是之前情況明明好轉很多了，上次醫生也說沒什麼問題的。」

「就是這樣才有再去一次的必要，這種看起來沒事了，結果突然嚴重發作的症狀才危險。妳看妳的臉色都變那麼差了。」

「好啦，我會再去的。」

「一定要去。」德華凝視著亦菲，亦菲懇切地點了頭後德華才放心。

德華又說：「妳不想自己去的話，我也可以陪妳，或是找妳那個朋友。」

「我……」亦菲語氣停頓，感覺像是被什麼突然冒出的想法打斷，「沒關係，我自己可以去。」

「需要幫忙的時候隨時可以找我。」說完，德華走到靠牆邊的矮櫃前跪下，矮櫃前擺著一張少女的相片，少女留著深褐色長髮，五官端正，仔細觀察後發現和亦菲有些神似，帶著微笑看著鏡頭。德華在剛進來亦菲家中時就注意到了這只矮櫃和相片。

德華又到亦菲的書桌前坐下，書桌上是散亂的文件和書籍，還有一台黑色的筆電。

「妳還蠻用功的嘛。」德華瞄到眼前的文件說。他翻閱起其中一份，那是記載開膛手傑克的歷史文獻。

除了大量的文件外，大部分書籍也都與開膛手傑克相關，德華掃視著，忍不住讚嘆。

亦菲則泰然地說道：「其實我也沒有特別下功夫，不知不覺資料就變那麼多了。」

「哦，是嗎。」德華不以為意，他隨意挑選幾份資料，輪替著翻閱，眼神漸漸銳利了起來。

亦菲注意到德華眼神的變化，隨之問道：「怎麼了嗎？」

「這個……」德華撇著頭盯著手上的資料，但又馬上恢復平靜，「喔，沒事。」

亦菲也不以為意。

德華仍持續看著亦菲整理的資料，房內成了一片寧靜，僅剩下德華翻動紙張的聲音。

「那是什麼啊？」亦菲打破了沉默。她指著擺在小沙發旁的紙袋說。

「喔，那個啊……」

紙袋內裝的是德華剛才買的戒指，亦菲從德華進門後就注意到這個紙袋了，只是到現在才問出口。

紙袋上印著精品店的商標，僅有簡單的圖案，並未註明任何文字。從亦菲的反應看來，她應該是不知道這個店家。

德華故作鎮定，但剛才眼神游移了一下，不知道有沒有被亦菲看出來，正當他想著要怎麼解釋時，又有另一個想法閃過腦中。

還是乾脆現在送她算了？

亦菲說過不想在眾人面前被求婚，現在的確是好機會。

但這個想法立即在德華腦中消逝。

要是現在求婚就太沒情調了，且亦菲現在的身體狀況也不好，要是再讓她受刺激頭痛可能又要發作了。

「我剛剛在百貨公司買的蛋糕。」德華認為自己的語氣很自然，應該可以騙過亦菲。聽亦菲只說了一聲「喔」，德華才在內心喘了一口氣。

而下一秒，亦菲卻又問了：「你一個人去逛百貨公司？」

「對啊，不行嗎？」

「沒有，我沒說不行啊。」亦菲搖搖頭說。

「我只是想準備冬天的衣服，天氣也差不多要轉涼了。只是衣服沒有看上一件，反而買了毫不相干的東西。」

這種多餘的解釋，不曉得亦菲會不會起疑。明明辦案時都能精準應付，不知為何現在就是靜不下心。

「誰知道呢？這幾年都很晚才變冷呢。」

如同亦菲所說，現在明明已經十月下旬，但還是得穿短袖才能適應外面的氣溫。或許短袖可以一直穿到十二月。

「反正只是去看看也無妨。對了，妳最近有沒有什麼想要的東西？我可以送妳當作聖誕禮物。」德華順利將話題帶開。

亦菲不禁一笑，隨後說：「聖誕節還早吧！」

因為這一笑，亦菲的氣色看起來好轉多了。但當她收起笑容後，又回到那黯淡無光的臉色。

「嗯，好像也是。」德華挑起眉毛說。

「不過我最近是沒有什麼想要的東西啦，如果之後有的話再告訴你。」

「沒問題的。」德華豪爽地微笑，使亦菲的心跳比剛才快了許多。一種昔日曾體會過的感動又油然而生，亦菲默默認定，德華或許是她現在最能依靠的人了。她暗自思考，等案件告一段落後，再好好和德華交往一次。

同時，她猶豫著該如何對德華訴說那一直不知該如何開口的事。

前幾天在警局附近的餐廳用餐時，那突然浮現出的記憶。

亦菲自己也相當不解，為何這種記憶到現在才浮現出來？難道這與她一直以來的頭痛有關嗎？她無法確定。

這幾天她一直回想，在之前發作的多次頭痛中，常常伴隨著一些模糊的畫面或記憶，她努力思考這中間到底有什麼關聯，但始終無法給予自己具有說服力的答案。

目前她最能接受的想法是，因為自己面對姊姊的死亡而造成極度悲傷，所以大腦選擇強制遺忘姊姊遇害時的景象。大腦這強制的運作，就是造成頭痛的主要原因。

「妳怎麼了？」德華注意到亦菲雙眼無神。

「啊，沒事啦，我在發呆。」

亦菲還是沒有開口的勇氣。她暗自嘀咕，剛剛明明是很好的機會。

「電腦可以借我用一下嗎？」德華問。

「可以啊。」亦菲爽快地答應，又接著問，「你要幹嘛？」

她對德華的目的其實不感興趣，只是隨口發問。

「我在網路上訂了衣服，想確認衣服寄出了沒。」德華將亦菲的資料全部歸位，並打開了亦菲的電腦。

電腦開啟後，德華又播放了音樂，使房間內多了些氛圍。

亦菲喝下最後一口蘋果茶，她雙手捧著空茶杯，維持同樣的姿勢坐在床上。

除了那突然浮現出的記憶之外，其實還有一件事也令亦菲不知該如何解釋，且就在剛剛才發生。

劇烈頭痛突然發作又摔倒在地後，亦菲為了求救便拿起手機撥打電話，但她第一個撥打的對象並不是德華，而是詠蓁。

電話雖然是打通了，卻始終保持著嘟聲的狀態。這還是詠蓁第一次沒有在十秒內將電話接起。

亦菲想重新撥打，而當她的手機畫面回到通訊錄時，詠蓁的聯絡資訊卻顯示著自己的號碼。

# 31

翌日，德華在上班時間前二十分鐘抵達警局，中午預計查訪徐志明擔任外科醫生時的同事，地點就約在對方就職醫院的會談室。

昨天德華在亦菲的住處一直待到晚上將近十點才離開，他們也沒做什麼特別的事，就是聊些工作和生活上的瑣碎話題。七點左右，德華還替亦菲買了便當回來，簡單解決晚餐。

德華在確認亦菲的身體狀況已沒大礙時，才放心地與亦菲道別。

只是，亦菲好像有什麼事悶在心裡。德華當然也試著問過，但亦菲看似沒有回答的意願，德華便出自於尊重而不再過問。

上班時間已經過了十分鐘，警局內還是不見亦菲人影，從亦菲從未遲到過這點來看，德華感到相當不安心，他連續打了三通電話都沒有人接。

德華思忖，不會又昏倒了吧……

德華愁著眉，他想趕去亦菲的住處查看情況，但因為馬上有偵查會議要開而使他抽不開身。

偵查會議在亦菲缺席的狀況下開始，首先報告的是，在那棟日式舊公寓發現名為《非罪》的那封書信。經過鑑識後，不論信封和紙張的材質、墨水的種類、封口用的膠都與先前傑克所使用的一致，完全沒有不吻合的地方。也就是說，可以實質上斷定那就是傑克留下來的。

如此一來，公寓周圍的搜查又顯得更加重要，這可是少數能夠找出傑克蹤跡的線索。但是，傑克這次有可能也找了其他替他代勞的對象。

另外，傑克的真實身分是否就是徐志明本人，還沒有一項有利的證據能夠證明，目前也沒找出任何近期看過徐志明的目擊者。

輪到這幾天的偵查結果報告時，德華的集中力幾乎已經不在會議上，他不時瞄向門口，又偷偷拿出手機查看，滿腦子只想著亦菲此時的安危。這不單純只是對同事的關心。

會議結束後，不少人向德華確認亦菲的狀況，其中也包括慶明。

「竟然給我無故缺席會議，你知道她怎麼了嗎？」慶明雖然斥責，但也帶著擔憂。

「我也不太確定……」

德華因無法詳細回答而感到有些自責。

慶明大嘆了聲氣，又問：「打過電話給她了嗎？我打了幾通她都沒接。」

「我也一樣，已經打了好幾通了。」

「搞什麼啊。」慶明的不滿全寫在臉上。

德華又當場打了一通，但卻連打通都沒辦法了。他的不安感頓時加重。

「其實……她昨天才昏倒過。」

「昏倒？幹嘛了她？」

德華向慶明解釋了亦菲不時會頭痛的狀況，也將昨天接到亦菲求救的經過告訴慶明。

慶明聽完後咬著下唇，雙手抱胸，接著對德華使了個眼色，那是對部下信任的眼神，彷彿在說「交給你了」。

慶明當然也看得出德華和亦菲私底下的交情，才會放心交給德華，他知道沒有人能比德華更適合處理這件事。

「總之，你先想辦法聯絡上她，要是有什麼狀況就立刻回報。」

「是。」

還沒到中午，德華就提早出發，在拜訪查訪對象之前，他打算先繞去亦菲的住處一趟。

除了偵防車的鑰匙，他手上還握著另外一把，那是亦菲住處的鑰匙，是亦菲昨天在他離開前交給他的。

德華從亦菲手上接過鑰匙時，還有些來不及反應。

「這是？」

「這裡的鑰匙。以後你想來的時候隨時可以來。」亦菲羞澀地說。

德華露出燦笑後，將鑰匙緊緊握在手裡。

# 32

陽光穿透窗簾灑進房內，窗框的影子刻印在亦菲的臉上，鬧鐘不管響了多久，亦菲仍保持著睡眠狀態。當她醒來時，已經超過了上班時間半個小時。

她全身疲憊，完全沒有因為睡眠而得到精神和體力的補充。

亦菲從床上坐起，先關掉了床頭櫃上的電子鬧鐘，然後按住兩邊太陽穴試圖紓解頭痛。

她拖著沈重的身體下床，動作緩慢。即使她知道上班已經遲到，但完全沒有一絲匆忙。

步入浴室，亦菲雙手撐著洗臉台站在鏡子前，她將散亂的頭髮往後撥，雙眼只睜開一半，望著自己毫無血色的面容。

昨天德華離開後沒多久，亦菲的頭痛又再度發作，但只是輕微的狀態，並不至於造成她再度昏迷。之後她沖了澡，又坐在小沙發上休息一會。

就寢之前，她又拿起手機並打開聯絡資訊。她確定自己在白天昏迷前並不是因為意識模糊而看錯。詠蓁的資訊欄位的確顯示著自己的手機號碼。且以往與詠蓁的通話紀錄也是相同情形。

到底怎麼回事？亦菲不斷問著鏡中的自己。有那麼一剎那，亦菲覺得鏡中的自己好像會開口回答。

她突然不敢直視，低下頭凝視著洗臉台中央的排水孔，但又彷彿靈魂會隨著漩渦被捲進去。

亦菲閉上雙眼，靠著觸覺打開水龍頭，捧起自來水往臉上潑，完成一連串盥洗動作。轉身背對鏡子走出浴室時，她才再度睜開眼睛。

亦菲回到床邊拿起手機，顯示著好幾通未接來電。她查看了所有未接號碼，幾乎都是慶明和德華，但她並沒有打算回撥，只將手機丟到一旁。

詠蓁的手機號碼為什麼會是我自己？難道是手機壞了？

不會吧，這支手機才沒用多久。

亦菲又拿起手機，一一查看其他通訊和社交軟體，當她看到有與詠蓁的對話紀錄時鬆了一大口氣。

找一天去修手機好了。亦菲想。

接著，亦菲傳了一則訊息給詠蓁。

「在幹嘛？」

傳完訊息後，亦菲便不時注意手機，抱著心浮氣躁的心情等待詠蓁回覆。

亦菲在書桌前坐下並抱著自己的頭，她的疲憊已經不只是生理上，心靈也慢慢地遭受摧殘。

但硬要說是什麼原因造成心理不舒適，她也無法明確地解釋，就是一直感到內心被某種壓力壓抑著，沉悶不堪。

這時手機一震動，亦菲旋即將目光擺向手機畫面。但並非如她所期待，不是詠蓁的回覆訊息，而是局裡打來的電話。

她按下拒接，又將手機直接調整為飛航模式，甩在一旁。

我到底怎麼了？為什麼一個晚上可以變成這樣？亦菲完全無法理解自己現在的狀況，她精神恍惚，彷彿隨時又會再度睡著。

這絕不是單純的睡不好。

她下意識打開筆電，想放點音樂緩解心情，以及寧靜到令人窒息的房間。

而她又打開平常使用的社群網站，她發現自己的帳號處於登出狀態，原本不以為意，但當她打算重新輸入帳號及密碼時，又發現頁面中存在著詠蓁的登入紀錄。

奇怪的是，在亦菲的記憶裡，詠蓁從未來過亦菲的住處，亦菲也從未將筆電借給詠蓁過。一股莫名的不安又壓得亦菲喘不過氣，她用一隻手按住半顆頭，頭痛欲裂。

突然，一個意念閃過亦菲腦中，她覺得自己彷彿能完整輸入詠蓁的密碼。

帶著掙扎，亦菲一邊緩慢地移動手指，依照淺薄的記憶一字一字地敲下鍵盤，同時又祈禱這只是一時產生的錯覺。

密碼輸入完後，她遲遲不敢按下確認鍵。

播放中的音樂結束了第一首，房內恢復一陣寧靜，在下一首前奏響起前的間隙，亦菲又將輸入完的密碼全部刪除並退出登入頁面，闔上筆電。

亦菲癱坐在書桌前，思考著自己面臨的處境。

冷靜下來。亦菲提醒自己，慌張絕對不能解決問題。

為何詠蓁的聯絡資訊會是自己的手機號碼？為什麼自己的腦中會淺藏著詠蓁的記憶？為什麼這陣子會如此容易疲累？……

亦菲在腦中將問題條列出來，試圖找出能說服自己的方法。但她越想只是越讓自己的頭痛加劇。

我是什麼時候認識詠蓁的？在哪裡認識的？

怎麼完全想不起來啊！

亦菲抱住頭，這種如同失憶般的感覺令她極為不快，甚至衍生出對自己完全喪失信心的自卑感。

亦菲赫然起身，從衣櫃中拿出簡易的旅行袋，隨意丟進幾套衣物，妝都沒化就直奔出門。

她到了住處附近的停車場，坐進白色豐田ALTIS的駕駛座，發動引擎。放開煞車的那一刻，她也不知道要開往何處。

# 33

上午從警局離開後，德華直接前往亦菲的住處，在按了好幾下門鈴都沒有回應後，他便用鑰匙直接進入亦菲的單人套房。

單人套房內沒有任何人，德華習慣性地環顧四周，觀察身處的環境。鞋子少了一雙，手機和錢包也都不在視線內。

他又走進浴室。洗臉台還是濕的，看來亦菲應該剛離開不久。

德華撥打亦菲的手機，但還是打不通。這讓他更為焦急。

到底跑去哪了？德華暗自嘀咕。

無計可施之下，德華恰巧看到了某樣東西，於是他立刻到亦菲的書桌前坐下。說不定這會有用。

德華打開亦菲的筆電，螢幕便直接亮了起來，它並沒有關機。

出現在德華眼前的是社群網站的登入頁面，而某首交響樂也隨之響起，那是馬勒（Mahler）的《復活》（Symphony No.2 Resurrection）。

出門之前在聽音樂嗎？

德華還記得，上次聽到這首曲子的時候是在自己的車內，當時正在送亦菲回家的路上。

德華暫時任由音樂播放，他將游標移至輸入帳號的欄位，該欄位顯示著兩個完全不同的帳號。

他不打算登入社群網站。並不是因為筆電沒有設定記住密碼而無法登入，就算有設定，他也不打算那麼做。更令他感興趣的是瀏覽紀錄。

德華就這樣查看著瀏覽紀錄和書桌周遭的資料，直到非得離開前往下一個目的地時，他才從亦菲的書桌前起身。

接下來要去拜訪徐志明以前的同事，地點在離亦菲家二十分鐘車程的醫院，但德華實在無心此務。查訪時，德華的心思也依然在亦菲身上。

德華抱著好幾本厚重的書籍回到座位，他的面前還有一台桌上型電腦。

這裡是北屯區的某間圖書館，他不斷尋找醫學相關的書籍，其中多重人格與精神分裂的研究資料佔了大多數。除此之外，德華還利用公共電腦上網搜集相關資訊。

多重人格，又稱解離性人格障礙（Dissociative Identity Disorder，DID），即同一個身體中存在著多個不同的靈魂輪流控制身體，其人格數量不定。屬於精神疾病的一種。

雖然使用的是同一個身體，但每個人格都擁有自己獨立的思考模式和記憶，至於記憶是否相通達成並存意識則視情況而定。

多重人格的起因多與心理創傷有關，患者的記憶中可能有一個或數個難以接受的慘痛的經驗。當患者受到過於刺激的心理衝擊時，會產生出自我防衛等反應作為面對痛苦的解決方式，此防衛行為便促使自己從事件中脫離，以另一個人格來替自己面對。

德華苦惱地研讀資料，同時又想著發生在亦菲身上的情形。

最初發現不對勁時，是昨天在亦菲住處看到開膛手傑克的資料時。說是想了解開膛手傑克的歷史並不足為奇，奇怪的是那些資料附註的印刷日期，大多數竟然都是在八月三十一日前，也就是第一起傑克命案發生之前。

另外，剛剛又查看了亦菲筆電中八月三十一日前的瀏覽紀錄，也有多數與傑克相關的文獻和醫學資料。

而醫學資料中又包括了解剖學和法醫學，其中胸腔部分最為大量。

亦菲從未提起過她對這方面有任何研究。

更令他吃驚的是，在某本記載傑克文獻的資料夾中，竟然發現三名被害者的跟蹤資料。被害者的住處、工作、通勤時間、生活習慣等，都分別被詳盡地紀錄。甚至也有不少前黑幫成員的資訊，尤其楊瀚穎和湯秀晴這兩位的特別詳盡。

亦菲就是傑克嗎？德華那時閃過了這個想法，但內心卻十分抗拒。

不，不可能。要是亦菲真的是傑克，她怎麼能表現得如此淡然，要是一般剛犯下罪的人，幾乎很難掩飾心中的不平靜，何況亦菲還一邊在調查案子。

德華在內心替亦菲辯解，他打從心底不願相信亦菲和傑克有任何一點關係，但卻不能因此而有失客觀判斷。辦案的基本條件就是不能感情用事，必須排除個人感情。

而德華捫心自問。真的能完全排除嗎？

複雜的情緒衝擊著德華，雖然如此掙扎，但心中還是不由地思考著一個疑問。

到底要怎麼做才能讓自己像是什麼都沒做過一樣？

德華努力回想亦菲最近是否有任何不自然的舉動，但唯一得到的解答是亦菲的頭痛。

突然，德華想起以前看過的某部電影中所聽到的台詞。那是一部有關多重人格的電影。

「在人格的轉換中，有時會伴隨著頭暈或頭痛……」

不會吧……

即使覺得荒唐，德華還是試著往那方面思考。且如果真的是多重人格，那麼許多事情就都說得通了。

在查訪完徐志明先前的同事時，他帶著碰運氣的心態到醫院櫃檯詢問有無亦菲的就診紀錄。當然是以刑警的名義，並進行了一番溝通。

非常恰巧地，亦菲先前就是來這間醫院就診。

詢問過當時替亦菲診斷的醫師以及數名櫃檯人員和護理師，排除印象不深刻及不確定的，他們都表示亦菲當時是一個人來就診。德華也經過再三確認，這顯然與亦菲本人的說法有衝突。

只能姑且以這個方向思考看看了。德華便抱著這種心態，一路來到了圖書館。

亦菲的症狀似乎與一般的多重人格患者有些不同，她甚至還伴隨著思覺失調症（Schizophrenai），也就是所謂的精神分裂。另一個人格會實體化出現在亦菲這個原人格面前，不，應該說亦菲會產生另一人格出現在她面前的錯覺。

上次亦菲好像有提過另一個人個的名字，叫做永什麼……德華試著回想，卻想不太起來。

而更令德華頭痛的是，以目前的情況看來，亦菲似乎不知道有另一個人格的存在。既然如此，難道亦菲不曾有記憶斷層的感覺嗎？她不曾察覺到自己生活週遭的變化嗎？

不可能吧。

德華的思緒如同好幾條不同的線糾結成一團，越是苦惱，心情也越是複雜。眼前的書籍和電腦螢幕中，一行行文字都使德華感到無比壓力。

若亦菲和另一個人格互相不知道對方的存在那倒還好，但依德華推測，另一個人格似乎知道亦菲的所有事情，甚至能夠控制亦菲的想法。

要是真是如此，接下來的事就難辦了。

從亦菲的頭痛日益嚴重看來，另一個人格想出現的慾望可能逐漸強烈，甚至到最後還會吞噬亦菲，將她的身體完全侵佔。

必須在那之前阻止這種事發生。德華下了決心。

今天亦菲莫名其妙地消失，又一直不接電話，或許就是被另一個人格所控制。

除了找出亦菲，德華現在能做的就是了解多重人格和精神分裂的病情以及起因。

而若多重人格的起因是嚴重心靈創傷，那麼造成亦菲另一個人格出現的原因就只有一個。

# 34

時序已進入十一月，氣溫轉涼，但其實還未到需要穿長袖的地步。窗外傳來的是一滴滴打落在鐵皮屋瓦的雨聲，今天從上午開始就一直下著毛毛雨。

沒有一點光線透進房內，所有窗簾都被拉上，僅有日光燈的照射。

亦菲在大雅區的某間破舊旅館，她離開住處已經是第三天。

超過了退房時間兩個小時，但沒有任何管理人員來催促，亦菲便就這樣待在房內。她猜想，或許是這間旅館本來就沒什麼生意，所以也沒必要急著趕客人走。

她坐在床沿，雙眼無神地望著腳下暗紅色的地毯。

該怎麼辦？她問自己。

前天離開住處後，亦菲完全沒有明確的計畫，只是開著車隨意而行，如同她所面對的現況，迷失了方向。直到開累了，她才在霧峰區的某間旅館下榻。

而昨天，她又漫無目的在整個臺中繚繞，一路從霧峰區駛向大雅區，穿越了半個臺中。

她始終無法理解自己的處境和現在的行為。為何要離開住處？為何要如此四處奔波？把自己搞得像是在逃亡一樣。

我是在逃亡嗎？有什麼好逃？我是在逃誰？

亦菲腦袋昏沈，她想逼迫自己思考，但腦中的迴路就像斷掉一般，使得她各種反應都顯得遲鈍，這比喝醉酒的感覺還要糟。

她拖著身子到牆角的梳妝台前坐下，看著自己黯然的面色。她也不知道自己為何要做出這種舉動。

梳妝台上有一瓶玻璃罐和瓶裝水，周圍散落著無數顆止痛藥。

妳……是誰？面對鏡中的自己，亦菲不自覺地問。

就在亦菲眨眼的瞬間，鏡中的自己已變成了另一個人的模樣，眼前這個人，是她再也熟悉不過的面容。心臟彷彿從幾十米的高處墜落，全身細胞好像隨時都會分散，且感受不到一點踏著實地的感覺。亦菲一度以為自己是在做夢，但她反覆確認自己的意識後，認定自己是清醒的。

詠蓁取代了自己，出現在眼前的鏡子中。

亦菲用力地眨了好幾下眼睛，又以指腹按壓著雙眼。

伴隨著頭痛，亦菲和詠蓁透過鏡子互相注視，但只有亦菲擺出茫然的表情。

「怎麼了？有什麼好奇怪的嗎？」詠蓁語帶諷刺。

亦菲依舊沉默，她嘗試做出些表情，但鏡中的詠蓁卻無動於衷。

這到底是……難道真的是夢嗎？亦菲思忖。

「不是喔，這是如假包換的現實。」詠蓁說。

亦菲倏地瞪大雙眼望向鏡中的詠蓁，當她還在想著為什麼詠蓁會知道自己在想什麼時，詠蓁又開口了。

「我當然知道啊。」詠蓁露出戲謔般的微笑，「因為我就是妳。」

亦菲和梳妝台周圍彷彿形成了一個新的空間，窗外的雨滴聲不再傳進亦菲耳中，而詠蓁的聲音卻產生出迴盪。

「妳……」亦菲發出微弱的氣音。同時內心想著，詠蓁其實是不存在的人嗎？

「才不是，我是一個完整且存在的人，只不過是和妳共用同一個身體。」

亦菲的內心開始灼燒，多種情緒一次湧上，頭痛又慢慢加劇，腦袋彷彿被漸漸地擠壓。

「我到底怎麼了？」亦菲勉強出聲，以求助的眼神望向鏡中。

「很意外嗎？妳認識的詠蓁就是藏在妳內心的另一個人格。」詠蓁微笑著，但並非善意的笑容，這笑容底下感覺隱蔽著某種企圖，「妳不感到開心嗎？妳所羨慕的大方又溫柔的性格，就潛藏在妳內心喔。」

「為什麼……為什麼妳會……？不，為什麼我會這樣？」

「突然這麼問，妳要我從何說起呢？」詠蓁收起笑容，態度輕浮地說，「妳還記得我們是什麼時候認識、怎麼認識的嗎？」

亦菲承受著頭痛，奮力挖掘腦中深處的記憶，但絲毫找不到詠蓁所問的問題的答案。

「算了，我直接告訴妳啦，妳想不起來的。」

亦菲內心的想法完全暴露在詠蓁面前，這種完全沒有隱私的感覺令她極度不舒適且毫無安全感。

詠蓁說：「我第一次出現，是在姊姊被殺害前那一刻，妳記得那時候妳在幹嘛嗎？」

當時的記憶又浮現在亦菲腦中，同一條走廊上，亦菲呆佇在電梯和姊姊亦萱之間，眼看著姊姊被拿著刀的鄰居爸爸一步步逼近，卻因為自己的膽怯不敢上前搭救。她如今還是會責怪自己，為何自己從小就不夠勇敢。

亦菲想起來了，那時的她曾感受到只有一秒的強烈頭痛。

也就在那時，潛在意識喚醒了詠蓁……

「對，我就是那樣誕生的，我就是被妳激發出的妳的另一面。妳之所以能逃過那個鄰居爸爸，也是托我的福。當他舉起刀要向我揮下前，我就直接轉身繞到他身後，跑向樓梯，然後一路逃出公寓。」詠蓁又補充說，「要是妳還一直呆站著，早就被砍了，好在這個身體的運動神經還不錯。」

這時亦菲才知道，為什麼自己會沒有那段過程的記憶。

「我再告訴妳吧，一樣是在姊姊被刀子刺下之前，妳那時按下的電梯開了，我回頭一看，電梯裡站著三個女生，她們看著眼前危急的景象，卻完全不顧我對她們示出求救的眼神，一邊尖叫又一邊把電梯門關上。」詠蓁的眼神中散發出不甘與憎恨。

三個女生？那三個女生就是……

粉身碎骨。

「就是妳想的那樣。她們是吳莉安、陳曼妮和江凱珍。」

「這麼說的話，是妳……」

「沒錯。」詠蓁的笑容滿足之外還藏著邪惡。

亦菲還不敢相信，在短時間內接受如此大量且震驚的資訊，如同巨石一塊塊砸在自己身上，且砸得粉身碎骨。

詠蓁是自己的另一個人格。自己能活到現在是因為詠蓁逃過徐志明。詠蓁就是傑克……換句話說，受害的三名女子就是自己殺的。

太荒唐了！亦菲在心中怒吼。

「哪裡荒唐？事實就是這樣。」

詠蓁直盯著亦菲，亦菲卻沒有勇氣直視她的眼神。

「要是當初看到電梯裡那三個女生的是妳，妳也會產生一樣的仇恨。」詠蓁說話的聲音加大，憤怒從她的眼神中散發出來，「在極為無助的狀態下，好不容易有人經過，她們卻顧著自己逃跑，不願多看我們一眼！」

亦菲的情緒雜亂，臉頰已留下好幾道淚痕，她的喉嚨難以再發出聲音。

雖然是那樣，但她們沒有惡意啊，會恐懼也是正常的，人本來就會以自身作為任何事的第一考量啊。而且要是她們為了救我們，結果也被殺掉的話，豈不是讓傷亡更加慘重！

「妳這是要幫她們說話嗎？所以我說妳根本就不會懂，面對那種狀況和情緒的可是我！那種無助感只有我才懂！」

「那有……必……」亦菲哽咽，仍然無法完整說完一段話。

那有必要做到殺害她們的地步嗎？從那刻起，我就是打算一個個抓住那種像徐志明那樣會奪去他人性命的人才會選擇當警察的。妳為什麼要踐踏我的信念？

「從那刻起，我也打算教訓那些見死不救的人，奪去她們那骯髒的心，才會一直存在到現在的。」詠蓁的氣勢強烈，完全壓過亦菲。

不要這樣……錯的是徐志明，不是她們三個，她們只是以自己為第一考量而已，這並不是什麼罪過啊。

「罪過？」詠蓁不屑地「哼」了一聲，「何謂罪過？自古以來，罪都是人所制定的，人們將自己不願看到的事列為罪過，再以罪的名義來合理制裁他人。既然如此，我也有制定罪的權利，也有我自己制裁她們的權利！自私自利絕對是一種罪過，尤其是事關他人性命的時候！」

亦菲沒說出半句話，內心也難以反駁，沉默應對。

詠蓁順著氣勢問亦菲：「妳說說看，自私何不也算是一種罪呢？」

不是……那種自私不是罪啦……

亦菲難以招架，此時的她巴不得詠蓁趕快從自己心中消失，但越是這麼想，越是有種莫名的掙扎。當然，詠蓁都知道亦菲在想著什麼。

「妳以為我為什麼能像這樣一直存在於妳心中而不消失，就是因為妳的淺意識裡還懷著對她們的憎恨和殺意，那遠大於妳那種自以為正義想當警察打擊犯罪的想法。」

不是的，不是那樣！

「不用再否認了，妳就接受吧，接受自己內心的醜陋！」

亦菲感到自己全身已支離破碎。面對著鏡子，卻看不到自己。要是能看到，她也無法確定自己能夠面對。

亦菲還來不及調適心情，詠蓁又說：「再告訴妳一些事情吧。」，完全不給亦菲一點喘息的餘地。

別再說了！

「其實她們也不是每一個都見死不救啦。我第一個殺掉的吳莉安，她是唯一有意想救我們的。」

什麼!?

「我也不是一見到人就殺，在殺掉她們之前我都會請她們回想那天的事，好讓她們想起自己所犯下的罪過。然而，陳曼妮和江凱珍都只說什麼『沒辦法』、『因為太害怕了』這類不負責任的回答，只有吳莉安是說『我很想救妳們』。說真的，那時候差一點就心軟了呢。」

她既然想救我們，那為什麼連她也要殺掉？妳不是說妳只是想要教訓那些自私的人嗎？

「但她最後還是沒有出手相救啊，被身旁的人影響而違背自己的意念也算是同罪！」詠蓁的眼白遍佈血絲，或許亦菲也是如此，「我就是要讓他們帶著罪惡感死去。」

詠蓁的話在亦菲聽來都如同砲火，已快將亦菲擊潰。

亦菲想摀住耳朵，但就算那麼做，詠蓁的聲音還是會傳進她腦中。

「我曾經跟妳說過吧。人是群體生物，富有感情和智慧，雖然彼此以不同的個體生存，但無形中卻是緊密相連的，就像同心圓一樣。因此，個人的私心都會影響整個社會，我要將那些禍害從社會中排除！這也就是我為什麼會用同心圓當暗號的原因，它的意義不只是倒數。」

亦菲眉頭緊蹙，同時懊悔自己當初聽到詠蓁這段話時為什麼沒有及時深入探究。

她低下頭，開始審視自己的內心以及至今發生的一切，深陷在名為自我的深淵中。

不知道過了多久，當她再度抬起頭時，鏡中的詠蓁已經消失。此時面對的是雙眼紅腫、臉色蒼白的自己。

我是林亦菲。她這麼告訴自己，又竭力說服自己沒有王詠蓁這個人。

當她稍微冷靜下來時，又不得不思考接下來該如何面對這些事實。身為刑警的自己，就是犯下造成社會恐慌的傑克連續殺人案的兇手。

而這麼想時，頭又隱隱作痛。

亦菲走至窗邊拉開窗簾，外頭的毛毛雨已成了傾盆大雨，雨滴毫不留情地重重打在屋頂及地面。

這時，房間的電鈴響起。

# 35

原本以為是房務人員，但站在門外迎接亦菲的，卻是面色凝重的德華。

德華並沒有強行進入，而是等亦菲緩緩將門打開才入內。

你為什麼會知道我在這？亦菲差點脫口問，還好話到喉嚨時就止住了。她又反問自己，也不看看人家是什麼職業。

「妳還好嗎？」德華沒有多餘的追問或責怪，一開口就是關心的問候。

亦菲輕輕點頭，但德華看到亦菲的臉色時並不認為她一點事都沒有，甚至仔細觀察亦菲現在的狀態。

他們一起在床沿坐下，並著肩，沒有人先開口說話。

德華環視房內，床邊只放著一袋簡易的行李，而梳妝台前散落著止痛藥，沒有半點化妝品。

亦菲不敢正視德華，她以為德華還未察覺她的狀況，致使她明明想一吐為快卻不知該如何開口。除了雨聲，他們也能聽到彼此呼吸的聲音。

亦菲做了一次深呼吸，她好不容易鼓起勇氣轉動脖子面向德華，但隨之襲來的又是一陣強烈的頭痛。

亦菲按住頭，輕輕發出哀號，接著倒臥在床上。

「怎麼了？」德華對亦菲喊道。

亦菲沒有回應，只側臥地抱著頭，表情痛苦。

德華扶著亦菲的手臂，卻做不了任何事，當他思考著該怎麼辦時，手便被亦菲狠狠地甩開。

亦菲恢復平靜，安穩地維持相同的姿勢側臥在床上，她刻意用手臂擋住臉部，看不到她的表情。

面對這種情況，德華已有所預料，但他還是開口問：「好一點了嗎？」

「嗯，好多了。」亦菲回應。她緩緩坐起，散亂的頭髮還是將臉完全擋住。

看著亦菲像是重心不穩地晃著身體，德華想再次伸手扶住她，而當德華伸出手時，亦菲便跳離床邊，一舉站到窗前。

德華也從床上起身並站在亦菲面前。此時的亦菲臉色陰沈，眼神也變得完全不一樣。

不，這不是亦菲。

德華靠近眼前的女人，才踏出一步，女人就從褲縫抽出一把小刀抵住自己的脖子，並開口說道：

「不要過來。」

德華收回腳步，同時被眼前的女人瞪著。

「把刀放下！」德華喊道。但女人卻無動於衷。

德華又問：「妳到底是誰？」

「哦!?」聽到德華的問題時，女人也有些驚訝，「你會這麼問就表示你已經看出來……」

女人刻意保留接下來的話。

「果然沒錯啊，是多重人格吧。」

女人笑了一聲，然後說：「正確來說應該是雙重人格，我們只有兩個人。」

女人的右手依然拿著小刀抵著自己的脖子，她用另一隻手取下右手手腕上的手環，並將它放進褲子的口袋中，接著淡然地說：「別在意，我只是不習慣戴這個手環，而且我也不想弄髒它。」

德華默不作聲，看著亦菲脖子上的小刀，他正想著該如何應對，要是一有什麼差錯，受到傷害的會是亦菲。

「應該先跟你自我介紹一下，我叫王詠蓁，是亦菲的好朋友，她應該有向你提起過我。」女人的態度異常淡然，就像是社交場合上的普通招呼。

「是啊，她提起過。她說妳是個溫柔的人，但在我看來好像不是。」德華銳利的目光集中在詠蓁身上。

「溫不溫柔又怎麼樣呢？」

「妳就是傑克吧？」德華不理會詠蓁的問題，「妳到底想做什麼？」

「被你看出來了啊，果然是破案率數一數二的刑警。」詠蓁沒有感到一絲驚訝，她表現得反而是早就料到的樣子，「我想要做的事很簡單。」

於是詠蓁又將十三年前那場意外的經過鉅細彌遺地說給德華聽，包含自己是怎麼從亦菲心中誕生的、又是怎麼逃過徐志明的毒手，以及那次意外後的生存目的。這些都是新聞及報紙中沒有報導的。

「那三個女生的臉我可是記得一清二楚，不管怎麼樣都絕對不會忘記。」詠蓁的恨意從眼神中毫無保留地散發出來。

「那妳為什麼要到如今，事隔十三才犯案？」

「當然是要等時機成熟嘍。這段期間，不只要找到那三個女生的行蹤，還要有完美的計畫，更重要的是，這個身體必須要成長，我也必須從亦菲的記憶裡獲取資訊。」詠蓁嘴角上揚，擺出的笑容陰險。任誰都想不到，這場連續殺人案的計畫早在十三年前就已經開始萌芽了。

「妳……」德華吐不出話，一股怒意油然而生。眼前的女人利用亦菲的五官說出這番話，令德華作噁。

「而且我必須嘗試控制亦菲腦中的記憶斷層，就是在人格轉換的過程，讓她沒有少了一段時間的感覺，也盡量讓她無法察覺到生活周遭的變化。另外，在人格轉換時，也要讓她以為只是自己純粹想睡而睡著罷了。這方面我可下了不少功夫呢，帶來的影響就是不時會產生頭痛，不只是亦菲，連我自己也是。」

德華調適呼吸，試著讓自己保持冷靜。

「請妳別再做這種事了。」

「我的決心都維持十三年了，你覺得我會因為你說的一兩句話就放棄嗎？我還沒解決完所有人呢！」

還有其他人⁉德華在心中驚嘆。

德華的反應似乎被詠蓁看穿，於是詠蓁又開口說。

「怎麼？這可是亦菲本人的意思喔，要不是她的淺意識中懷抱著恨意，我今天也不會出現在這裡。」

「妳少胡說八道！亦菲，妳快回來！」德華內心糾結，眼前的對象就是亦菲，但卻只是軀殼。

詠蓁嘲諷地笑道：「沒有用啦，我已經慢慢掌握這個身體的主導權了，再過不久，將會完全由我控制。」

德華的不甘全寫在臉上，他咬緊著牙根。

詠蓁又說：「每個人的內心深處都是醜陋污濁的，沒有例外，就連你最在意的亦菲也是，只是人們都不懂得接受，始終堅信自己是善類，僅帶著虛偽活在這世上。人類沒有那麼偉大，為別人著想什麼的都只是虛有其表的假象——」

詠蓁語帶諷刺，而這時，德華以更大的音量打斷詠蓁。

「鬧夠了沒啊！」德華眼神直勾勾地瞪著詠蓁，「既然是像樣妳說的那樣，那妳告訴我，妳威脅替妳寄件的那兩位前黑幫成員，他們明明違背了妳的意思向警察招供，為什麼妳沒有對他們的家人下手？」

「那是……」詠蓁一時語塞，表情中散發出的是不甘心。

「若妳能掌握亦菲腦中的資訊，這件事妳不可能不知道吧。」德華的氣勢壓過詠蓁，「因為妳知道失去家人的痛！妳不忍心讓與妳無冤無仇的人也嚐到這份痛處！」

「才不是！」詠蓁回瞪德華。

「妳只是想利用他們善良的那一面，他們好不容易能重新做個普通人，有了自己珍視的家人，當然不願讓家人因為自己的背景而受到傷害，這時的他們心靈是最脆弱的，就是因為這樣，妳才會挑選前黑幫成員替妳寄送包裹。想必妳也做了很多調查吧，真是辛苦妳了。」

德華慢慢走向詠蓁，直到詠蓁的背已經貼到窗框，詠蓁打開了窗戶。

「不准再過來了喔！」詠蓁喊道。手上的小刀更貼近脖子，只要稍微抽動就會劃傷脖子。

「妳有種就割下去啊！」德華大喊。他也不確定這種威嚇是否有效，內心不停打顫。德華又緩緩前進。

詠蓁眼神一定，這時，她將小刀拿開自己的脖子，然後指向德華。

德華抓住這個機會，迅速揮出左腳將小刀踢落，接著衝向詠蓁繞到她身後將她的雙手反扣在背後，直到她不再掙扎。

德華和詠蓁互相怒視，持續了一段時間。

「就算帶有多大的恨意，妳也不該奪走他人的性命。」心情稍微平靜後，德華說。

「又來了。」詠蓁態度不屑，「又是這種自以為正義，帶著虛假面具的傢伙。你現在能說出這些話，只是因為死的不是你的親人，你未曾體會過那種失去至親的痛楚。」

「別再廢話了。」

詠蓁直視德華的雙眼，以不甘的神情露出一絲意味深長的微笑。隨後，德華感受到她全身無力，隨著重心偏移，德華抓著她的手腕，兩人一同跪在地面。

「喂！」德華呼喊。

詠蓁沒有回應，只垂著頭髮出微弱的喘息。

她將臉轉向德華，以迷濛的眼神望著他。

亦菲！

德華立刻鬆開手，扶著她站起來。

「能站穩嗎？」

亦菲只輕輕地點頭，靠著德華的攙扶緩緩走向床邊然後坐在床沿。

亦菲按著頭，表情痛苦，就像得了重感冒般。她舉起手，指著梳妝台。

「要止痛藥嗎？」德華問。

「嗯。」亦菲輕聲回應。

德華走向梳妝台，替亦菲拿了止痛藥和水。亦菲顫抖著雙手將藥吞下。

德華摟住亦菲的肩膀，只聽見亦菲問了一句：「我怎麼了？」

沒事。德華差點這麼說，這種時候用這句話撫慰他人簡直毫無意義，只會顯得自己遲鈍笨拙。

「妳太累了，需要時間好好休息。」

「人果然是我殺的對吧，都是我做的。」

「嗯。」德華面色凝重地點了頭，「但要說正確一點的話，只是用了妳的身體，所以……」

「那就算是了吧。我自己也都知道了。」

「但那都不是妳自己的意志吧，妳應該也不記得是怎麼犯案的……」德華說得有些心虛，甚至有想為亦菲脫罪的想法。

「不，我都知道了。」亦菲有氣無力地說，「引誘吳莉安的方法就如我們之前推理的一樣，假裝成夜光戒指的買家，約被害者見面。而引出陳曼妮和江凱珍的方法也都不難，只要利用警察這個身分……當自己認識的人被殺害，還在膽戰心驚的時候，誰也不會懷疑一個真正的警察。」

德華將亦菲的肩膀摟得更緊。知道自己警察的身分被這樣利用，一定是無比痛心，他為亦菲感到不忍。

「她難道沒想過被害者會主動聯絡警方嗎？」

「要是那樣更好，我……她就可以更明確地掌握被害者們的行動，省了一大麻煩，而且她也知道大家巡邏的時間和地點，到時候只要再改變計畫就好了。」亦菲使用主詞時心生猶豫。德華又為此展露愁眉。

「那她何必把整個臺中搞得人心惶惶？如果只是私人恩怨，沒必要把事情擴散得那麼大吧，還大費周章地把被害者的心臟寄到警局和電視台。」德華暗自期待能問出一個亦菲回答不出來的問題。

但事與願違。

「也不是什麼了不起的目的啦，只是為了讓鄧克維的名譽掃地罷了。」

「讓鄧克維的名譽掃地？」

「嗯，當初圍捕計畫失敗，讓徐志明墜海後就沒有下文，致使沒有人能看到徐志明為自己的行為贖罪的樣子，這在另一個我眼裡看來好像非常不甘心。」結果亦菲用出了「另一個我」這個字眼。

於是就製造了這麼大的恐慌，讓人民不再相信身為案件負責人的鄧克維嗎？德華暗忖。

「還有書信也是，最後會寫出放在舊公寓的那封，就是想讓大家把那件事再挖出來。」亦菲已經知道了所有事情。

德華打住再問下去的念頭，他的思緒雜亂，想決定下一步的行動卻不知該從何思考。照理說應該馬上將亦菲帶回警局，但他暫時不打算那麼做。私情和理性在他心中產生強烈衝突。

「我該怎麼辦……」亦菲神色不安且慌張，她眼神無助地看向德華。

「不要緊張，我幫妳想辦法。」

「你要怎麼做？」

德華沉默了兩秒後說：「總之，妳先待在這，千萬不要亂跑。」
「但是我的退房時間已經過了。」
「沒關係，我等一下去櫃檯幫妳延長時間。」
亦菲默默點頭後說：「謝謝，對不起。」
德華鬆開摟住亦菲肩膀的手，然後將她抱在自己懷裡。
「你會恨我嗎？」
「恨妳？我恨你幹嘛？」
「從以前交往到現在，都是你在為我付出，我從來沒有為你好好做過什麼，就連分手的時候也是，我單方面提出分手你也沒多說什麼。」
「我能說什麼呢，既然妳想分手我也無法強留，要是束縛住妳只會顯得我很自私。」德華一抹感慨的微笑，「我也從來沒想過我的付出需要什麼回報，甚至有時候還想過我所付出的到底是不是妳想要的。」
亦菲在德華懷中搖著頭說：「對不起，其實在感情這塊，我也不知道自己要的是什麼。」
德華和亦菲之所以會交往，是德華在一年半前主動向亦菲告白的。當時德華覺得亦菲身上散發著某種神祕的氣質，出自於想多了解對方，德華便不時對亦菲說出些自以為幽默的玩笑話。而亦菲並沒有產生排斥，這促使德華更積極地追求亦菲。
之後亦菲雖然答應與德華交往，但真正的熱戀僅維持了短短兩、三個月。而交往的一年之中，他們接吻的次數也只有一次，是某天德華開車送亦菲回家時，在亦菲家樓下的事，那是德華唯一一次感受到亦菲嘴唇的彈性和溫度。這令其他少數知情的同事都感到不可思議。

即使如此，德華並不覺得自己浪費時間和感情在亦菲身上。

回想著回憶不多的往事時，亦菲的聲音將德華拉了回來。

「等我好一點之後，我們再重新交往吧。」

「嗯。」抱著亦菲的德華，能聞到亦菲清新的髮香。

「我還想出國去歐洲玩。」

「好，妳想去哪我都陪妳。」

「那我也想去上次的海邊。」

「可以啊，這次我會先練習好怎麼拍照的。」

亦菲露出一抹微笑後說：「你說的喔，下次要幫我拍好看一點。」

「嗯，我答應妳。」

「那就說好了喔，我等你約我。」

「好。」

兩人完成約定後，房內又恢復寧靜，只剩下窗外的雨聲。半晌，德華才又開口說話。

「妳在這裡等我一下，我去樓下櫃檯幫妳延長時間。」德華說完，便起身離開亦菲身邊。踏出房間前，兩人眼神的交會彷彿產生一道鎖鍊勾住了彼此。

德華從三樓搭了電梯來到一樓，才邁開踏出電梯的腳步，他又退回電梯內關上了電梯門。還是幫她換一間比較好的旅館吧。

德華回到亦菲的房前直接打開房門，為了省事，他剛剛刻意沒將房門鎖上。

一步入房內，四處不見亦菲人影，僅留下一扇被打開的窗戶。帶著雨的風正吹動著窗簾。

# 36

翌日，德華獨自坐在自己的辦公桌前，翹起腳抱著膝蓋，帶著沈悶的表情思索。

白痴！德華在內心咒罵自己。

其實到目前為止，德華都沒有將亦菲的事告訴任何人，專案小組內也沒有人察覺，最多只是以亦菲連續無故曠職來看待。

德華的肩膀被拍了一下，回過頭看，慶明就站在他身後。

「啊，隊長。」德華從椅子上起身。

「怎麼啦？在想什麼？」

「沒什麼……」德華心生猶豫，作為一個刑警，提供自己所知道的消息是再基本不過的職責，但他還是百般掙扎，難以開口。

「還沒連絡上亦菲嗎？」

「嗯，還沒。」德華只能想著自己見到的是詠蓁而不是亦菲，以此來降低心中的罪惡感。

「唉，真是的，上頭已經開始關心了。」慶明打從心底覺得麻煩。

「我會再想想辦法的。」

「就交給你了，我們這邊沒有人比你更了解亦菲了。」慶明給予德華一個寄望的眼色後，便踏起腳步離開。

德華突然感到胸口一陣炙熱，他嚥下口水，在內心反覆掙扎後，決然地叫住剛走不遠的慶明。

「隊長，其實……」

「怎麼？」慶明回頭道。

「其實亦菲她……」

為了找出亦菲，上頭緊急下達搜索行動，但多數專案小組成員都半信半疑地出動，且沒有明確的搜索方向。

德華獨自坐在偵防車的駕駛座，他將車子停在大里區國光路邊，望著眼前一部部駛過的車輛。

他為自己曾經想藏匿亦菲的這個想法感到愧疚，冷靜思考後，這無疑是最愚蠢且對亦菲最沒幫助的做法。

或許只是自己不願看到亦菲被逮捕的樣子。德華在內心如此解釋自己的行為。

「這真不像你會做的事。」慶明在知道事情後也這麼對德華說，德華只能低頭道歉。另外，德華也將自己所知道的一切一五一十地全盤托出。

接著，兩人便向上頭報告。

「要不要直接發出通緝？」慶明稍早曾向克維提議。

克維則是堅決反對，他以「目前還不能百分之百確定」駁回這個主意。

而慶明當時又態度強硬地回應：「都已經有人能證實了，為什麼還要遲疑？我很了解羅德華這個人，他絕對不會亂給情報。」

克維敷衍地再次拒絕後，慶明便察覺出克維的考量。

連續殺人案的兇手竟然就是自己的部下，而且還是專案小組內的成員，這種事要是公諸於眾，豈不是會讓身為警察局局長的顏面掃地。

「好了，算了吧。」德華向慶明示意，慶明才放棄與克維溝通。

連這種時候也以自身名譽作為優先考量嗎？德華在心中暗自嘲諷克維。

德華將車子熄火，全身靠向椅背，用食指和大拇指捏著眉間。

在這之前，已經連續駕駛了六個小時左右，問過了不少店家和民眾，但對搜查都沒有幫助，也沒有同事掌握到相關情報。

亦菲到底會去哪裡？不，亂跑的一定是那個詠蓁。

他從褲子的口袋拿出手機，打開了相冊中的其中一張相片。那是他在大安海水浴場拍的。

相片中的亦菲面對著鏡頭，身後是夕陽灑出的光暈，雖然因為背光使臉部顯得有些黯淡，但還是能明顯看到亦菲嫣然的笑容。

德華盯著照片，心想著有多久沒看到亦菲的笑容了。種種與亦菲的回憶如同電影畫面般，映在德華腦海中，他細細回憶著亦菲每一刻的表情，然而，又忍不住嘆了口氣。

休息了將近半小時，德華突然感到一股罪惡感，一想到亦菲可能正在哪裡受苦，自己卻還在休息便無法原諒自己，現在可是刻不容緩。

德華整理心情，重新啟動車子。他帶著絕對要找出亦菲的決心握緊方向盤。

# 37

才不是，才不是那樣！亦菲坐在單人小沙發上，抱著頭對自己內心大喊。

人之所以會制定罪，是為了要保障人們自身的權益不被他人侵犯，是為了要約束人們不正當的行為。因為有罪，這個世界才能被制衡。所謂罪過是危害到他人，才不是妳認為的自私！

這裡是南投山上的某間小旅館，同樣因為沒什麼客人，輕易就能訂到房間。旅館的主人是一對年邁的夫婦。

亦菲走到鏡子前，儘管氣色差，眼神還是銳利地望著自己。但她所想注視的對象，是藏在她心中的詠蓁。

房間內很安靜，除了外面不時傳來的蟲鳴或鳥叫，甚至能聽到空氣流動的聲音。

亦菲問了自己，事到如今，能不能接受自己就是連續殺人犯的事實？她思考了半晌，無法得到答案。

而她又忍不住思忖，不對，真正的兇手是詠蓁，不是我。

即使身為警察，明知道自首才是正確的選擇，但此時就是下不了決心，總覺得有什麼正絆著她，使她掙扎不已。

她自己也知道，不可能就一直這樣持續下去，而警方總有一天也會找到她的下落。

我到底在逃什麼……

而一想到德華，亦菲的心就一陣糾結。她多想拿出手機聯絡德華，但她告訴自己不能這麼做，莫非這又是詠蓁在控制她的思想？她不知道。
看著自己手腕上的那只手環，亦菲百感交集。
要怎麼做才能為這一切劃上句點？要怎麼做才能彌補至今的罪過？
亦菲這麼想時，閉上了雙眼。
我只是在逃避自己……
於是，她決定了下一個目的地。
頭痛又再度襲來……

# 38

十一月六日，在霧峰區的交流道附近發現了亦菲的私人轎車，那輛白色豐田ALTIS，經比對後證實與亦菲的車牌一致。
車子就停在路邊的紅線上，鑰匙還插著，車門也沒有鎖上。
大批警方開始在附近尋找目擊者，有店家聲稱看到女駕駛下車後又招了計程車往市中心的方向離去。拿出亦菲的相片讓店家比對，對方也大力地點頭。遺憾的是，店家並沒有記下計程車的車牌，專案小組正四處打探。
這一帶每隔一段路就停了一輛偵防車，當然，在民眾眼裡，那些只是普通的自家用車。
「丟下自己的車子，又搭上計程車到底想做什麼？」德華對亦菲的舉動感到不解。他站在亦菲的車旁。

「是不是怕我們發現行蹤，乾脆把車子丟下？」一旁的慶明說。

「嗯，也有這個可能。但這麼做的究竟是亦菲還是詠蓁？」

「那個已經不是重點了，先找到她比較要緊。」

「現在或許不是重點，但要是她做出什麼事情，對之後的行為責任可有很大的影響。」

被德華這麼說，慶明也點頭同意。他的虎口靠在下巴，若有所思地說：「要是能證明傑克不是亦菲自身的人格，就算是用她的身體犯案，也能免除法律責任嗎？」

「我也不清楚，之前也從未接觸過這種案例。」

德華和慶明都露出苦惱的表情。

慶明又說：「在我印象中，國外好像有類似的案例，從確定犯行後，需要經過很長一段時間的判定呢。若精神患者在不能辨認或控制自我行為的狀況下犯案，經法定程序確認，是不需要負刑事責任的，但家屬或監護人必須嚴加看管和治療，必要的話還會由政府強制醫治。」

「簡單來說，就是無罪，然後被送進精神病院吧。」

「嗯……」慶明苦笑了一聲，「這我可不敢保證。而且也不一定會被送進精神病院，就先看法官他們怎麼判定了。糟糕的話，還有可能會被認為是偽裝出來的。」

「偽裝？你是說亦菲的雙重人格嗎？」德華語帶不滿地反問。

而慶明解釋道：「別生氣，我只是做個假設啦。」

「那是不可能的。」德華堅定地說，「我之前在圖書館找資料時有看到關於多重人格的實驗，儘管是同一個身體，不同人格的腦部攝影結果都不會相同，也就是說是完全變了一個人，絕對不可能是偽裝的。」

「那就好啦！總之每個個案都會有不同的結果啦，之後就交給專業人士判定吧。」

德華嘆了一聲氣。

「話說回來，你還是沒有一點頭緒亦菲會去什麼地方嗎？」慶明又問。

德華沒自信地搖頭說：「嗯，更何況現在是不是亦菲的人格也不知道。」

「不是亦菲的人格的話啊……你也不認識亦菲的另一個人格嗎？」

「完全不認識，見過她就只有上次不小心讓她逃跑那一次。」德華這麼說的時候，語中帶著自責。

「那還隱藏得真好啊，不愧是犯下那麼大起案件的犯人，那個詠蓁。連你這個曾經是亦菲男友的人都沒有發現。」

一陣苦笑之後，德華開口說：「男友嗎……說實話我們交往的那一陣子，也沒有因此多深入了解對方。」

慶明沉默了半晌後說：「唉，現在講這些沒有用。不管到什麼時候，你還是那個最有機會找到亦菲的人。」

德華暗自感嘆，他將手放到胸口附近。外套的內袋裡，放著買給亦菲的求婚戒指，他一直隨身帶著。

我是最有機會找到她的人嗎？

德華絞盡腦汁思考，不論是亦菲還是詠蓁，她們最有可能去的地方是哪裡？

「我的決心都維持十三年了，你覺得我會因為你說的一兩句話就放棄嗎？我還沒解決完所有人呢！」

詠蓁說過的話又浮現在德華腦中。

還沒解決完所有人是什麼意思？暗號明明是最後一個了啊！到底誰會是她下一個目標？暗號……？

德華咬緊嘴唇，嚴肅認真的樣子令慶明都不好意思打擾。

突然，一股電流通過德華的大腦，同時極度不安的感覺也迅速湧上心頭。

「欸，局長有沒有說過這幾天會去哪裡？」

慶明一陣垂頭思索後回應道：「被你這麼問，我的確有印象他說今天晚上可能會去那棟公寓一趟。」

「你說真的嗎？」德華語氣激動。

「不，真要說的話其實我也不確定，我並不是直接聽他親口說，是湊巧在走廊上聽到他在跟誰講電話，他一看到我就像是做了什麼虧心事一樣走掉了。」

德華眼神猛然一亮，什麼也沒說就跑離慶明身旁。

「喂！」慶明叫住德華，但德華絲毫沒有放慢腳步。

「告訴大家，請大家保護好局長，如果可以，請局長千萬別獨自行動。」他回頭對慶明喊道。

慶明在原地看著德華坐進偵防車，沒幾秒鐘，偵防車就朝著市中心的方向駛去。

德華踏緊油門，咬緊牙根，方向盤的震動撼動著全身。

拜託了，亦菲，千萬要阻止開膛手傑克。

# 39

德華將車子停在中區的繼光街附近，一股勁衝向那棟日式舊公寓。因為對這一帶路段很熟悉，他的腳步完全沒有遲疑，周遭的景物劃過就如同穿梭時空的電影特效。他在開車來這裡的路途中，整理了腦中那突然閃過的想法。暗號所代表的意思，雖然是在倒數被害者沒錯，但並不是代表倒數第幾個，而是「還有幾個」。剩下的那一個，德華推斷是鄧克維。在十三年前的那整件事中，除了前三名被害者、至今仍下落不明的徐志明，詠蓁還帶有恨意的對象就是圍捕徐志明失敗的鄧克維。

到了舊公寓樓下，德華拿出上頭配發下來的磁扣，在進入電梯後輕碰了感應區，接著按下三樓的按鈕。

電梯闔上門後緩緩上昇，明明到三樓只要短暫的幾秒鐘，但此刻感覺特別漫長，隨著樓層上升，德華的心跳也跟著加快。

德華想到，亦菲之所以不怎麼願意搭電梯，或許就是因為電梯會讓她聯想起姊姊遇害的場面。而其中想必又帶著自責，她一定無法接受自己當時會產生丟下姊姊逃跑的心態去按了電梯的按鈕，甚至無法原諒自己。

德華現在就站在這部電梯裡。

電梯內部燈光昏暗，整體破舊不堪，一副年久失修的模樣，但仍正常運作。內壁有其中一面鋪著鏡子，而鏡子的角落還貼著十年前的公告。

看著鏡中的自己，一種想法浮現在腦海中。

也許在我的內心深處，也藏著另一個自己，那個連自己也不敢面對的自己。是不是每個人都是如此？是不是每個人都有個代替真實的自己面對殘酷現實的人格？只是自己從未發覺。

ＬＥＤ顯示板上的數字終於變換成３，電梯門一打開，眼前的景象令德華五感全失。

時間彷彿靜止，世界上也好像只剩下自己一個人。

德華佇立在原地，他努力說服自己一切都不是真的，大腦的思考迴路赫然被阻斷，他甚至一時忘了自己究竟在哪裡，在做什麼，只感到渾身發燙。當電梯門關上的瞬間，他才被拉回現實，同時感覺到自己差點被電梯吞噬。

德華重新按鈕開啟電梯門，踏著僵硬的步伐走出電梯，呼吸急促。

一名女性側臥在走廊正中央，那裡正是亦菲十三年前住處的家門口。仔細一看，能瞧見女性胸口下方有一灘血泊。

從女性的身形、髮色來看，那無疑是亦菲。

德華感到心肺正被撕裂，刺痛感蔓延全身，挫折感又如同海嘯般瞬間襲來。他緊咬牙根，一步一步接近女性。

直到走到女性身旁，確認了她的面容後，德華才願意相信。

德華強忍情緒，蹲下身子並抬起亦菲，將她的肩膀靠在自己的大腿上。亦菲已經沒有呼吸。

「喂……」德華喊道，並不自覺發出一股低鳴。

亦菲的胸口插著一把水果刀，不偏不倚地刺在心臟的位置。

德華不停嚥下唾沫，口舌變得乾燥。他搖頭晃腦地四處張望，卻也不知道自己在看什麼。最後，他的視線回到了亦菲的面容。亦菲表情安詳，就像沒有經歷過任何痛苦。

德華的雙手開始顫抖，他想起詠蓁那惡魔般的神情。

那傢伙！

面對眼前無法挽回的一切，除了懊悔，德華內心還衍生出無比恨意，有那麼一瞬間，他腦中浮現出殺了詠蓁的想法。

此刻的他終於體認到，詠蓁所說的那種失去至親的痛。

他握住亦菲的手，感受不到一點溫度。

雲層散開，陽光斜射進公寓走廊，即使身處微弱的光線之下，德華仍被籠罩在黑暗之中。

亦菲……德華在內心喊著亦菲的名字。

為什麼？最後一個目標不是局長嗎？是我哪裡判斷錯誤嗎？

突然，又一種想法打通了德華的思路。

丟下姊姊跑去按電梯的按鈕，因此對自己產生自責，無法原諒自己……

自己也是造成姊姊死亡的其中一人，而且第三封信中也說過她會帶著她的兇刀就此長眠，難道是這個意思嗎？

但是，她還沒對局長下手啊。

這時，德華注意到亦菲的右手腕上，戴著那只像是小學生美勞作業的手環。

……

德華感受到心臟被猛烈地捶擊，他皺緊眉頭，難以言喻的複雜思緒瞬間侵襲他的內心。

全身內臟有如支離破碎般，淚水從眼眶驟然湧出。他拿出放在外套內袋的戒指，並拉起亦菲的右手。

為什麼？為什麼……

德華小心翼翼地替亦菲戴上戒指，然後哭到聲嘶力竭。

（全文完）

# 後記

其實原本沒有打算要寫後記的，但編輯大人還是希望我寫一篇哈哈。那就在這邊解釋一下男女主角的命名好了，因為和大明星撞名，所以想說或許讀者們會有些好奇。

首先是女主角林亦菲，當初在構想的時候，就一直在想什麼樣的名字可以符合雙重人格這個設定，於是就出現了用對稱字來命名的想法。而雖然說想用對稱字，但我又希望不要完美對稱比較好，這樣的話可以更符合「在照鏡子時，雖然外表上兩邊看起來都是同一人，但卻又有些微妙的差異」這點。大家試著把林亦菲這三個字從中間切一半，是不是會發現就像是我說的呢，至於為什麼會選這三個字，就只能說是剛好想到的吧哈哈，這樣講會不會顯得有些不負責任，但真的是這樣～請原諒我～。

然後是男主角羅德華，這個就要講到當年開膛手傑克的真實案件了。這起百年懸案，在近年終於偵破，雖然在證實上還有許多質疑，但是目前相對來說比較可信的。一名英國作家為了偵破這起案件，便在某個拍賣會上買下了受害者的披肩，並請當時的基因專家好友查驗披肩上的ＤＮＡ，沒想到真的找出了兇手的ＤＮＡ並宣告破案。而這名在拍賣會上購買被害者披肩的作家，叫做Russell Edwards（羅素愛德華）。於是我就取他名字中的幾個字，來當作我男主角的名字。然後也非常不巧男女主角都與大明星撞名。但要是這部作品能讓兩位大明星來演的話，應該也是相當完美哈哈哈。

另外是這部作品的書名，其中「非罪」這兩個字，尤其是「非」，是不是很像被開膛的肋骨呢！也剛好呼應到這部作品的主題呢，我自己也非常滿意這個idea！

其實我一直覺得後記是很厲害的作家才會寫的東西，自己好像沒有什麼資格寫，或是寫了可能也沒人看，但如果你有看到這裡，我想跟你說一聲謝謝，真的。而且寫了之後才發覺，把自己的一些想法分享給讀者，也是一件蠻愉快的事！

要推理65　PG2235

要有光 FIAT LUX　似罪非罪

作　　者　胡仲凱
責任編輯　喬齊安
圖文排版　林宛榆
封面設計　田芳昕
封面完稿　蔡瑋筠

出版策劃　要有光
發 行 人　宋政坤
法律顧問　毛國樑　律師
印製發行　秀威資訊科技股份有限公司
114台北市內湖區瑞光路76巷65號1樓
電話：+886-2-2796-3638　傳真：+886-2-2796-1377
http://www.showwe.com.tw
劃撥帳號　19563868　戶名：秀威資訊科技股份有限公司
讀者服務信箱：service@showwe.com.tw
展售門市　國家書店（松江門市）
104台北市中山區松江路209號1樓
電話：+886-2-2518-0207　傳真：+886-2-2518-0778
網路訂購　秀威網路書店：https://store.showwe.tw
國家網路書店：https://www.govbooks.com.tw
總 經 銷　聯合發行股份有限公司
231新北市新店區寶橋路235巷6弄6號4F
電話：+886-2-2917-8022　傳真：+886-2-2915-6275

出版日期　2019年7月　BOD一版
定　　價　270元



**Printed in Taiwan**

國家圖書館出版品預行編目

似罪非罪 / 胡仲凱著. -- 一版. -- 臺北市 : 要有光, 2019.07
面； 公分. -- (要推理 ; 65)
BOD版
ISBN 978-986-6992-17-9(平裝)

863.57 108010037

# 讀者回函卡

感謝您購買本書，為提升服務品質，請填妥以下資料，將讀者回函卡直接寄回或傳真本公司，收到您的寶貴意見後，我們會收藏記錄及檢討，謝謝！如您需要了解本公司最新出版書目、購書優惠或企劃活動，歡迎您上網查詢或下載相關資料：http:// www.showwe.com.tw

您購買的書名：________________________________

出生日期：________年________月________日

學歷：□高中（含）以下　□大專　□研究所（含）以上

職業：□製造業　□金融業　□資訊業　□軍警　□傳播業　□自由業

□服務業　□公務員　□教職　□學生　□家管　□其它____

購書地點：□網路書店　□實體書店　□書展　□郵購　□贈閱　□其他

您從何得知本書的消息？

□網路書店　□實體書店　□網路搜尋　□電子報　□書訊　□雜誌

□傳播媒體　□親友推薦　□網站推薦　□部落格　□其他________

您對本書的評價：（請填代號　1.非常滿意　2.滿意　3.尚可　4.再改進）

封面設計____　版面編排____　內容____　文／譯筆____　價格____

讀完書後您覺得：

□很有收穫　□有收穫　□收穫不多　□沒收穫

對我們的建議：________________________________

________________________________

________________________________

________________________________

請貼
郵票

11466
台北市內湖區瑞光路 76 巷 65 號 1 樓
**秀威資訊科技股份有限公司** 收
BOD 數位出版事業部

（請沿線對折寄回，謝謝！）

姓　　名：____________　年齡：______　性別：□女　□男

郵遞區號：□□□□□

地　　址：____________________________

聯絡電話：(日) ____________ (夜) ____________

E-mail：____________________________